Sopa de lagartija

Relato estratagemático en forma de novela

Germán T. Cruz

Sopa de lagartija
Relato estratagemático en forma de novela
Todos los Derechos de Edición Reservados
© 2017, Germán T. Cruz
Pukiyari Editores

ISBN-10: 1-63065-078-1
ISBN-13: 978-1-63065-078-0

PUKIYARI EDITORES
www.pukiyari.com

Para Karen,
que no lo podrá leer,
pero lo amará de todas maneras.

Índice

Parte Una

1

La voz llegaba urgente del otro lado.

—Tía Emilia, venga rápido, mi mamá no puede respirar. Apurese, está un poco azulada.

Emilia bajó la sartén del fogón, se quitó el delantal y corrió hacia la puerta que conectaba su patio con el de su hermana. Pablo, el sobrino, la esperaba y la llevó hasta el sofá donde Herminia descansaba tendida tratando de respirar. Sin pensarlo mucho, Emilia metió su mano en la boca de Herminia y sacó un ratoncito de la cola mientras volcaba a su hermana de cara al piso dándole una palmada fuerte en la nuca. Cuatro retoncitos recién nacidos salieron de la boca cayendo al piso. Pablo los recogió en una cajita junto con la madre mientras Emilia masajeaba la garganta de Herminia que empezaba a tomar grandes sorbos de aire recuperando el color. Una vez segura del éxito de su labor, Emilia recogió una raíz de jengibre del borde de la fuente y la machacó con miel de abejas y un poco de jugo de limón para hacer un jarabe. Dándole una cucharada a Herminia la amonestó severamente:

—No puedes amamantar ratones en tu garganta. Tendré que hacerte ojales en los labios para ponerte cordones. Los ratones pertenecen en su guarida. No pueden dormir en la almohada o el colchón o en tu boca.

Desde pequeña, Herminia entrenaba su garganta para guardar objetos y golosinas como las ardillas listadas. Era una abilidad que le deparaba ganancias y sorpresas que invariablemente molestaban a Emilia y causaban bastante revuelo. Ella siempre estaba en esa coyuntura de agrado y condena como en esta mañana. Ante el regaño y la voz severa de Emilia, Herminia no decía nada. El jarabe le agradaba con el sabor picante del jengibre y se metió entonces en la cocina para encontrar el gran barril de roble y mezclar el jarabe con ese ron añejo que se mantenía listo para toda ocasión. Emilia lo distilaba con jugo de caña y azúcar morena en el alambique heredado del abuelo.

Las dos hermanas estaban separadas por cinco años de edad y una pared de dos metros de alto. Emilia era la mayor. Desde la niñez ella hablaba por Herminia, quien nunca había dicho una palabra. Por encima de todo era una novicia de la tercera orden de las monjas carmelitas con un voto de silencio. Tanto que se la conocía como Herminia, la Hermética. No era que Herminia fuese muda sino que no hablaba por deseo propio, falta de motivo y vocación. Todo lo que tenía que decir lo decía Emilia por ella. Sin embargo, Herminia insistía en su independencia. Cuando el abuelo decidió construirles una casa se formó un gran embrollo por asunto de separación personal y privacidad, terminando por construir dos casas iguales con una pared común con un gran portón, un patio común y dos ventanas con rejas de hierro forjado separando dos patios interiores. Todo se construyó muy simétricamente y en esa simetría habían vivido las dos hermanas por la mayor parte de su vida adulta.

En su juventud temprana Herminia se rebeló y dejó la casa para ir a una ciudad lejana ansiosa de ver qué cosas había al otro lado de la loma, más allá de los bosques y los campos sembrados con trigo y cebada. Regresó al cabo de tres años con un hijo de año y medio, sin ofrecer explicaciones, y entrando a su casa como si nada hubiese pasado. Emilia no dijo ni hizo nada. Actuaba como si su hermana nunca hubiese salido. Llamó al niño Pablo como homenaje al abuelo sin saber el nombre del padre natural que Herminia no revelaba. Lo importante era criar al pequeño, luego habría tiempo para asuntos de genética. Claro que esto no significaba que Emilia estaba satisfecha y no escarbaría por más información. Velar por su hermana era gran parte de sus labores. Esto implicaba nada más y nada menos que saberlo todo. Así, trató de conseguir información a travez de ese "correo de las brujas" tan activo en el mercado local. Toda clase de chismes llegaron a sus oídos sin mucho valor efectivo, excepto por el sustento del misterio del parentazgo que Herminia no revelaba.

2

A pesar de todo, la vida continuaba con sus rutinas y contrastes en esa casa melliza rodeada de cincuenta hectáreas de campos enmarcados por un gran bosque de robles ancianos penetrados por un riachuelo que bajaba por el lindero de la granja y se vertía al otro lado del bosque sobre el gran lago curveado que cubría el horizonte. Esta era una tierra entre dos cordilleras, con terreno ondulado y un gran río que cruzaba hacia el norte para llegar al mar. El lago era el resultado de una curva del río que se cortó del cauce luego de una de esas inundaciones de invierno. Se quedó así cortado y nunca se reconectó, estableciendo una vida propia con su fondo lleno de truchas. Un camino ondulaba por la orilla del lago desde el pueblo hasta la casa en una especie de danza topográfica que llegaba hasta un portal donde dos enormes moreras daban la bienvenida con sus ramas y troncos torcidos sobre el aire. Emilia las podaba cada otoño para mantener ese aspecto de gigantes abrazando a los huéspedes o espantando a invasores. Allí se hospedaba un regimiento de golondrinas siempre listas a volar antes de las tormentas, piando frenéticas como si el cielo se fuese a caer. Empezando por las moreras, un cerco de piedra ya repleto de helechos, musgos y el vigor de caños de mora y frambuesa delimitaba el area de seis hectáreas mas cercana a la casa, separándola de los campos donde vacas y ovejas rumiaban el paisaje. El cerco era consecuencia del esfuerzo por sacar piedras para crear un terreno fértil, sin escombros y bien nivelado, para fines del cultivo del jardín. Había sido una labor extenuante que el abuelo tomó mucho antes de la llegada de Emilia y Herminia. Allí Emilia tenía plantado su herbario de plantas medicinales y culinarias salpicadas por la sombra de árboles frutales de toda índole y grupos de perennes que Emilia recogía del campo o troqueaba con las vecinas en ese mercadeo constante que animaba la vida diaria de la comarca. Una esquina del jardín servía para cultivar verduras y hortalizas, bajo la pasión granjera de Herminia, siempre recolectando y propagando semillas de herencia horticultural. En la primavera, el jardín explotaba en flores de todo color atacadas por enjambres de abejas y avispas, además de picaflores ebrios de néctar. Varios panales de mimbre daban testimonio de la presencia de abejas y la producción de miel además de la polinización de la huerta. El área fuera del cerco era un pastizal donde el rebaño de veinticinco ovejas y unas cuatro vacas se dedicaban a mordisquear el entorno para mantener el campo bien cortado como un prado en un jardín formal. Cuatro carneros bien fornidos con sus largos cuernos enroscados a cada lado de la cara se paseaban majestuosos entre el rebaño listos a defender su territorio. Casi al borde del bosque, un granero daba abrigo a los animales y servía como un pajar para almacenar el heno, además de un ordeñadero. El abuelo había construido una especie de torre-alacena sobre el abrevadero al lado del granero que también había servido como alberca y lavadero en tiempos más jóvenes antes de la llegada de los artefactos eléctricos a las cocinas. La torre parecía imitar los molinos holandeses, pero sin sus aspas, por mero capricho del abuelo luego de un viaje a ultramar. Estaba conectado al riachuelo por una zanja empedrada en forma de media luna que entraba y salía al riachuelo recogiendo una corriente de agua fresca que mantenía una temperatura baja en la alacena que servía para mantener la frescura de alimentos como una especie de refrigerador natural. Era posible bajar a la alberca por una puerta en el piso de la alacena con gradas de piedra que se construyó a insistencia de la abuela y sus sentimientos de pudor. Emilia guardaba en la alacena su colección de plantas medicinales más frágiles y varias jarras de esencias, además del equipo para hacer quesos con leche de oveja que se curaban en un secadero adyacente añadido a la alacena luego de la muerte del abuelo. Emilia usaba todo el espacio de la alacena para hacer un queso curado de leche de oveja y un requesón con el suero sobrante. Al cabo de ocho semanas, cuando los quesos adquirían su piel o costra característica, los cepillaba y cubría con cera azul que servía para mantener su frescura y darles certificación de origen junto con los similares de la comarca. Era un queso muy apetecido, formado en ruedas de treinta centímetros de diámetro, que se subastaba cada miércoles en el mercado público. El requesón se empacaba en jarras de un kilo con una cubierta de aceite de oliva, pimientos picados o pesto, de acuerdo con el humor de Emilia en el día de hacerlos. Los días más felices se marcaban con pesto, que requería más trabajo por el asunto de recoger las semillas de pino. La mayoría de los días bastaba usar la gran cosecha de pimentones que Herminia conservaba en jarras con aceite o vinagre. En todo, muy poca gente se molestaba en mantener una alacena de ese estilo o almacenar cosas de esa manera ahora que había servicio eléctrico doméstico y el mercado ofrecía toda clase de utensilios para lavar y preservar en casa. Sin embargo, para Emilia, hacer quesos era un asunto de tradición e integridad del proceso. La fabricación demandaba un tratamiento honesto que rendía homenaje a generaciones de fabricantes cuya sabiduría y tradición se expresaba en sabor y textura. La alacena era bastante amplia, bien surtida, con estantes, gabinetes, mesas, moldes, pesos, estopilla, pailas, ollas, coladores y calderas. Ella hervía la leche en un fogón antiguo alimentado por leña que recogía en el bosque y mantenía acumulada y bien partida al pie de la entrada a la alacena. El Negro Manuel traía los garrafones de leche cada mañana y Emilia se dedicaba a sus labores haciendo queso hasta pasada la media tarde. El Negro Manuel regresaba a mitad de la tarde para recoger el requesón y distribuirlo a los comerciantes del pueblo. Sin servicio eléctrico, la alacena se iluminaba con luz solar, una lámpara de gasolina o varias velas de cera de abeja que le daban al entorno un tono dorado, como de miel de abejas, muy parecido a los interiores pintados por Rembrandt y Vermeer. Todo estaba muy bien organizado, como un laboratorio donde cada cosa tenía su lugar y no había lugar para lo que no pertenecía. Emilia era muy quisquillosa sobre el asunto de orden y limpieza y no toleraba para nada algo fuera de sitio, como se lo expresaba a menudo al Negro Manuel cuando los garrafones no estaban en su lugar exacto. Un olor agradable a leche, queso y oveja permeaba el ambiente. Por encima de todo, la neblina envolvía al abrevadero por la mañana y la noche para crear un aspecto surreal que promovía temores y especulaciones aumentadas por el canto indagante de los búhos, el chillido de murciélagos y el aullido de mapaches en el bosque salpicado por el piar de golondrinas. Era por toda apariencia una garantía natural para prevenir vandalismo o disuadir visitas curiosas. El sendero de la casa al abrevadero bordeaba el bosque y estaba marcado a intervalos por cipreses que ya tocando los veinte metros de alto se levantaban sobre las faldas de las lomas como puntalares de la bóveda celestial transformando las sombras bajo la luna llena. La textura del bosque, con esos robles ancianos cubiertos de musgo y helechos torciéndose como gigantes tratando de atrapar el aire, completaban la imagen de miedo y muchas veces de terror que cubría el entorno. Bajo la sombra de la noche y aún bajo la luz del día había mucho que espantaba y daba pausa. La figura solitaria de Emilia caminando por el sendero, cubierta con una capa oscura con capucha amplia, aumentaba los temores supersticiosos de la comarca y confería sobre Emilia la imagen de "maga bondadosa" ya que no se la veía como bruja o hechicera maléfica dado su trabajo generoso y cordial curando achaques, dolores y temores, además de su porte personal franco, cordial y elegante. Se creía que ella tenía grandes poderes terapéuticos, físicos y espirituales para bien de todos. Emilia no hacía esfuerzo alguno para negar esas suposiciones y supersticiones,

sonriendo en su mente al darse cuenta del miedo y analfabetismo a su alrededor.

3

¿Quién era este abuelo? ¿Por qué se estableció en esta comarca? Sencillamente era Mateo Paulino Isidro Rodríguez Fernández, hijo de Simón José Rodríguez Gómez, uno de esos héroes de la Guerra de la Independencia que no figura ni aún en las notas marginales de la historia del país. Le tocó por herencia ser parte de los ejércitos que tuvieron que confrontar las múltiples rebeliones e insurrecciones que acosaron la vida de la nueva república tratando de empujar una u otra idea de gobierno o dominio. Su padre había sido apresado por el Ejército Real antes del triunfo de la independencia y llevado a la reciente construida Cárcel Real en Cádiz junto con varios otros "rebeldes" o "próceres" que regresaron luego de la independencia en busca de un lugar en el nuevo escalafón social y político de la nueva nación. Para su sorpresa, encontraron a su regreso un país dividido por regiones y caudillos que promovían diversos conceptos de nación y sociedad. Don Simón José se subscribía a conceptos federales, con participación igualitaria de todos los estratos junto con la eliminación de la esclavitud y la manumisión, además de libertad total de culto. Por esta razón le correspondió tomar armas para defender sus posiciones, siendo derrotado en varias instancias y confinado a un valle andino bastante lejano de la capital. En este valle abandonó las armas y se dedicó a la agricultura y a escribir sus memorias mientras el país se olvidaba cada día más de su existencia.

Con su esposa, Matilde Consuelo Fernández Correa, levantó una casa, limpió varias hectáreas de maraña y sembró cebada y trigo que, por fortuna y la riqueza del suelo, produjeron buenas cosechas. Los conflictos guerreros no terminaron con su retiro. Sus hijos fueron eventualmente arrasados por varias llamadas a armas a nombre de visiones particulares de orden público y político. Con la pérdida de tres de sus cuatro hijos en varios conflictos y escaramuzas, don Simón José y doña Matilde hicieron todo lo posible para prevenir el mismo destino a Mateo Isidro, su hijo menor.

Usando astucia jurídica, varias conexiones y su buen nombre, don Simón José pudo establecer una concesión de tierra en ese valle andino muy similar a las concesiones que daba la Corona Real antes de la independencia. La Corona otorgaba capitulaciones a sus adelantados o conquistadores, quienes a su turno repartían tierras a los subalternos. Estas capitulaciones eran de carácter perpetuo, pero fueron anuladas en gran parte por la independencia y la formación de un nuevo sistema de distribución de tierras bajo el auge de la reforma agraria que buscaba dar una retribución a los campesinos, esclavos y desahuciados que habían for-

mado la mayoría del ejército libertador. Los repartimientos, tanto de la Corona como de la nueva República, contenían la expectativa de explotación y se mantuvieron sin mucho cambio a través de las varias luchas. Los recibidores de estos repartimientos tenían derechos de dominio eminente sujeto al concepto que la
tierra le pertenecía a la nación, como dueña, para efectos de soberanía. Fue así que cientos de granjeros, o al
menos propietarios, se repartieron grandes trozos de la
tierra recientemente independizada. Muchos terminaron vendiéndola a terratenientes por ignorancia o falta
de recursos. Muchos no sabían dónde estaban esos terrenos o si eran arables y tenían acceso a agua de riego.
La muy declamada reforma agraria pronto se volvió un
mercado de tierras al mejor postor que invariablemente
la dedicaba a la ganadería o la dejaba baldía y sin cultivar en espera de un incremento en valor.

Por accidente, más que por diseño, don Simón
José recibió una capitulación a un valle andino que nadie deseaba por estar lejos de los centros o mercados
urbanos y no tener vías de acceso. Doña Matilde no estaba muy entusiasmada con un viaje a un lugar desconocido, pero por afecto acompañó a su esposo y aprendió los oficios del campo. Como era una mujer refinada
y culta, insistió en traer su piano y biblioteca a través
de las montañas a una casa que aún no existía. En un
sitio al borde de un gran lago con un bosque de robles
a su alrededor no fue muy difícil para don Simón José
construir una cabaña rústica que los protegiera de la intemperie y las fieras. No era algo lujoso pero suficiente,
con dos cuartos pequeños, una chimenea que apoyaba
la cocina y una pequeña alacena. Con esto, don Simón

José pudo ganar tiempo para explorar el valle, remover maraña, aprender la ecología del lugar y empezar la construcción de una casa como doña Matilde deseaba.

Los hijos no tardaron en llegar, uno cada deiciséis meses. Mario Antonio, Bernabé Santiago, Justo Marino y Mateo Isidro. A medida que crecían, les tocaba asumir papeles en la granja que ya tenía huertas, ganado, arados, zanjas de irrigación y campos de cultivo. La biblioteca sirvió para darles una educación bastante completa, aumentada por aprendizaje en música y recursos naturales. Todos eventualmente adquirieron habilidad como carpinteros y herreros para trabajar en la construcción de lo que resultó ser una casona para orgullo de todos.

Mateo Isidro se empezó a distinguir por sus conocimientos de geometría y agrimensura, junto con botánica, que le permitieron dividir la comarca en lotes y perfilar el contenido botánico para efectos de explotación y preservación. Con la ayuda de sus hermanos, construyó un aserradero para explotar la riqueza de los robles de la región y proveer madera para nuevas construcciones.

Desde lo más alto de la cordillera se podía ver la casona y su entorno como un punto de industria y paz sobre una carpeta de tonos verdes, rojos y amarillos con un bosque enorme por sus bordes. Hasta allí llegaron tropas a reclutar a sus hermanos y de allí salieron sus padres para una visita a parientes en la capital. Ninguno regresó. Los hermanos perecieron en otros campos y los padres fueron secuestrados y eventualmente asesinados por bandas criminales a nombre de ideales revolucionarios muy por encima del entendimiento raso.

Mateo Isidro se quedó solo en la gran casona con su joven esposa, Betsabé del Carmen Collazos Perea. Tuvieron un hijo, Marco Antonio, y dos nietas, Emilia y Herminia, quienes vivieron con ellos en la casona y se dedicaron a atender a los menesteres de la granja. A mediados de la adolescencia de Emilia y Herminia sus padres perecieron en una regata cuando no pudieron controlar su velero durante una tormenta súbita y naufragaron en el lago. Desde ese punto Mateo Isidro se convirtió en el abuelo, no tanto por edad sino por posición. Todo esto coincidió con la llegada de más población a ese valle y pueblo sin nombre que era solo un punto en los mapas, pero gozaba de una buena y generosa acogida por el abuelo.

4

Dado el clima frío matinal y nocturno de la región, además de las ocasionales lloviznas, estas capas con capucha, como la que Emilia usaba, eran tan comunes como las ruanas de lana y sombreros de felpa. El temor consistía en no saber quién o qué se movía bajo la capa. El mismo obispo ostentaba a menudo una capa rojiza con una capucha que lo hacía ver más corpulento de lo que era. Era un hombre de mediana edad y estatura, cebado por indulgencia en las delicias de una cocina muy generosamente dotada por los feligreses. Un hombre lento de andar y hablar. Estaba ligado a la comarca desde su época de párroco recién graduado de seminario, cuando respondió a un llamado del abuelo para iniciar una iglesia que eventualmente se transformó en catedral cuando le fue conferido el palio episcopal. Celebraba bautizos cada sábado por la mañana, ofrecía la misa diaria y una solemne los miércoles y domingos a la diez de la mañana, celebraba matrimonios y entierros, gastando mucho tiempo visitando enfermos o parroquianos, oyendo confesiones, arreglando entuertos y promoviendo la vida espiritual de la comarca.

Todos lo llamaban don Facundo en lugar de Su Eminencia, que era un tratamiento reservado para ocasiones solemnes y desconocidos. Durante la vida del abuelo fue un visitante y comensal frecuente a esa casona paterna frente a la plaza que luego de su muerte se convirtió en la alcaldía ya que Emilia y Herminia tenían sus casas afuera del pueblo, arriba en la loma. El abuelo lo apoyaba y estimaba mientras que sus nietas lo adoraban. Don Facundo actuaba como un tío indulgente bastante joven para su estación.

Cada miércoles, Emilia y Herminia bajaban los tres kilómetros desde sus casas hasta el pueblo con su carreta tirada por un burro llevando sus quesos y conservas aumentadas con canastas de frutas y verduras frescas para vender en su estante habitual que estaba situado precisamente allí donde la sombra de la torre de la catedral caía al mediodía sobre los baldosines de la plaza. La torre era el punto más alto en la comarca con un techo redondeado como una colmena de mimbre y su sombra sobre la plaza operaba como un reloj solar, proyectando al mediodía una sombra como la cabeza de una lagartija con la cruz como lengua cayendo exactamente sobre el estante de las dos hermanas. Emilia tomaba esto como una bendición especial que afirmaba su negocio. Herminia no decía nada. Cargar la carreta con las canastas de verduras, quesos y conservas era labor para el Negro Manuel, que se deleitaba en ver el producto de la granja saliendo al mercado para hablar bien del trabajo de todos. No todo era el producto de Emilia. Herminia evitaba ir al abrevadero prefiriendo usar la leche de las vacas para hacer queso fresco envuelto en hojas de higuera además de preservas de fruta y conservas de pepino y pimentones que eran muy apetecidas, especialmente las de pimentones amarillos con granos de pimienta negra y dientes de ajo. Por su parte, Emilia horneaba tortas de fruta además de sus quesos curados y varios elixires de esencias vegetales. Ambas cultivaban flores y ofrecían manojos de gladiolos, lirios, dalias, hortensias y claveles que también servían para adornar el altar mayor de la catedral. El Negro Manuel cultivaba mirtos, espatofilos y plumeria que se vendían en arreglos para eventos especiales como bodas o funerales. Más que un asunto de ventas, el mercado era una galería para el intercambio de información y renovación de afectos. Era aquí donde se podía saber lo que pasaba y el por qué pasaba. Existía gente bien enterada y meros chismosos inventando cosas. El problema era saber diferenciar entre los dos y creer en la diferencia como en un problema de cálculo donde la respuesta era más de cero. Era también una oportunidad para expresiones de fe con el obispo ofreciendo una misa de media mañana en la catedral, la cual se trasmitía a la plaza por altoparlantes. Emilia aprovechaba la ocasión para ir al recinto de la catedral y recibir comunión mientras Herminia se quedaba cuidando el estante. Eran mujeres devotas por tradición más que por convicción, como la mayoría de mujeres de su edad y condición. En realidad la fe era una expresión natural sin adaliles. Se practicaba por costumbre y se acostumbraba a practicar. Era todo no más que un asunto de política y práctica que de teología fundamental. Fe y costumbre se entrelazaban como asuntos comunes sin razón específica de ser. Esa era la cultura. Por alguna razón, desde su regreso, Herminia se había alejado de las devociones públicas habituales, contenta con ofrecer sus oraciones de manera privada en un reclinatorio instalado en su alcoba y construido por el Negro Manuel, que trabajaba como mayordomo con los rebaños y ordeñaba las ovejas y las vacas, además de ayudar con las labores del jardín y el mantenimiento de las casas.

El Negro Manuel era el hijo de Manolo, que sirvió como mayordomo del abuelo, cuya hacienda cubrió una vez gran parte del pueblo y se había cedido por parcelas con el tiempo y especialmente luego de su muerte, para dar espacio a la construcción de la planta de filtración, la escuela de artes y oficios con primaria y secundaria, un campo de deportes y una reserva con varias parcelas de cultivo para granjeros sin tierra. La granja de las dos hermanas representaba la parcela más apetecida de esa hacienda, con terreno fértil y suavemente ondulante con buen acceso al agua. Sencillamente, el Negro Manuel se había quedado con las dos hermanas como una herencia y tenía un conjunto de cuartos en la parte de atrás de ambas casas con entrada privada y una mesada, además de los ingresos por venta de frutas, verduras y flores. Era de cierta manera un gran hermano y así se le trataba. Pasaba sus días cuidando del territorio de la granja acompañado de sus dos perros galgos barcinos siempre listos a correr y perseguir ardillas y codornices con bastante éxito. Una vez al año esquilaba las ovejas para recoger lana que Emilia cardaba, hilaba y tejía en su telar junto con otras mujeres del pueblo en una especie de rito anual que terminaba en un asado celebratorio. Las mantas y abrigos que resultaban se vendían en el mercado o se usaban domésticamente. Una de esas mantas le servía al Negro Manuel como abrigo. Estaba todavía impregnada de lanolina porque no quiso hervir la lana antes de cardarla. Emilia la había tejido de forma muy apretada, por estos detalles era impermeable y tenía un fuerte olor a oveja cuando se mojaba con la lluvia. Emilia la había rociado en varias ocasiones con esencia de lavanda pero el olor a oveja mojada era más fuerte que la esencia. Usaba un sombrero de felpa con ala ancha que servía para ocultar su cara. Con su atuendo complementado con botas de caucho que le llegaban casi hasta la rodilla más un bordón de dos metros de largo con una capa de hierro imitando un capullo de rosa, el Negro Manuel presentaba una figura impresionante. Por cautela no dejaba que nadie, fuera de Emilia o Herminia, nadara en la alberca o entrara al granero. La granja y las hermanas tenían en él un ángel protector que se portaba como dueño y señor del entorno. Tal vez como uno de los arcángeles haciendo guardia a la entrada del Paraíso.

5

Un día al borde del amanecer, cuando el Negro Manuel iba a ordeñar las ovejas, vio la puerta de la alacena abierta de par en par y sospechó que Emilia se había levantado temprano para encerar los quesos, pero con sorpresa pudo ver que todo estaba en desorden con garrafones tirados por todo el piso, la mesa empujada a un lado, ollas esparcidas por todo el recinto y cera salpicada en varios lugares. Pensó que un ciervo o un mapache se había entrado por la noche y causado los estragos. Procedió muy rápidamente a limpiar y arreglar todo antes de recoger los garrafones para ir al ordeñadero. No dijo nada a Emilia para no suscitar preocupaciones o recibir un regaño. La puerta de la alacena no tenía cerradura sino una tranca de madera pues el abuelo no confiaba en tener llaves para todo y no creía que alguien fuese a traspasar sus propiedades con malicia. Existía en el abuelo un elemento de confianza en el bien común y el respeto por lo ajeno. Si alguien deseaba algo y se lo pedía, no tenía empacho en darlo con creces. De acuerdo con su pensamiento, todas su propiedades y negocios eran un regalo divino para el bien de todos. Su gran afán era por el buen manejo de su fortuna con generosidad e integridad. Así, donaba terrenos para beneficio del pueblo y empleaba más trabajadores de los necesarios para la siembra y la cosecha. Cada primavera y otoño organizaba una gran fiesta con asado de cordero que se convirtió en una feria anual luego de su muerte. Sus nietas todavía contribuían los corderos y varios otros platos a una fiesta que abarcaba no solo el pueblo sino toda la comarca de horizonte a horizonte.

Como Emilia no sospechó nada, el incidente quedó prácticamente olvidado, o mejor no comentado, aunque la repetición de varias maneras durante los meses siguientes hizo que el Negro Manuel se quedase en guardia una noche cerca de la alacena con su bordón y un viejo fusil, más que todo una escopeta, que el abuelo heredó de una de esas guerras tan comunes en los siglos pasados. El Negro Manuel lo usó en varias ocasiones para cazar ciervos y lo mantenía limpio y engrasado con buena dotación de munición. Por ser noche de luna nueva, todo estaba bastante oscuro y una llovizna leve caía perezosa sobre el campo, complicando no solo la claridad sino también la comodidad del observador. Sentado en una roca detrás de un matorral de brezo, cubierto por su manta y sombrero, el Negro Manuel tenía una vista bastante clara sobre la puerta de la alacena. Casi al punto de la alborada una figura cubierta por una manta y capucha avanzaba sobre el sendero tirando una figura semi-desnuda del brazo con una bufanda atada sobre la cara. Iban a un paso acelerado y entraron a la alacena mucho antes de que el Negro Manuel pudiese reaccionar. Cuando él pudo por fin llegar a la puerta de la alacena, la figura encapuchada ya tenía a una joven semi-desnuda atada con tiras de tela a las cuatro patas de la gran mesa y estaba administrándole una esencia de las que Emilia guardaba en la estantería. Tomando ventaja de la sorpresa por su llegada, el Negro Manuel le pegó un fuerte golpe al encapuchado con su bordón ya que el rifle se había atrancado. Casi inmediatamente, un garrotazo en la nuca lo privó de conocimiento hasta unas horas después cuando Emilia lo resucitó con el aroma de varios aceites y un masaje en la nuca.

—¿Que te pasó? Dime —preguntó Emilia bastante conmovida.

El Negro Manuel empezó a ver el ambiente con suficiente claridad como para explicar lo sucedido a Emilia:

—Estaba guardando la alacena desde los brezos porque los eventos de hace unos meses se habían venido repitiendo. No se los conté porque no quería alarmarlas sin necesidad. Pensaba que era algo hecho por varias personas y estaba preparado con mi rifle. Para mi sorpresa, pude ver solo una figura encapuchada caminando rápido por el sendero arrastrando a otra semi-desnuda y silenciada con una bufanda atada sobre la cara. Cuando pude llegar a la alacena sorprendí al encapuchado empezando a drogar una joven atada sobre la mesa con tiras de estopilla y pude darle un golpe con mi bordón porque mi rifle se atrancó, tal vez por la llovizna o el frío, recibí entonces un garrotazo en la nuca y no sé más. Me duelen la cabeza y la nuca.

Emilia le dio otro masaje fuerte en la nuca con crema de árnica y se ocupó entonces de limpiar la alacena y poner cada cosa en su lugar cuando notó con horror la ausencia en su botiquín de esa preparación de Solano que servía para anestesiar pacientes en intervenciones quirúrgicas o privarlos de conocimiento para inducir calma durante episodios de pánico. Emilia la había mezclado en los días anteriores luego de una intensa búsqueda por los ingredientes.

—Se llevaron el frasco del Solano. Trabajé por seis años consiguiendo los ingredientes perfectos y se lo llevaron. Tenemos que buscarlo. Es muy peligroso. Tiene efectos muy poderosos.

El Negro Manuel no sabía de qué hablaba Emilia y la miraba estupefacto

—Mira. Era ese frasco de vidrio azul en lo alto del botiquín. ¿Te acuerdas de que te dije de no tocarlo por ninguna razón? Tendré que buscar ingredientes otra vez por el bosque y al otro lado del lago. Me va a tomar mucho tiempo por asunto de las estaciones.

El Negro Manuel asentía más por costumbre que por conocimiento. Para él esos asuntos de hierbas y pociones era meramente la magia de Emilia que le daba temor y admiración. Su trabajo era solamente cuidar del rebaño, cargar la carretilla, guardar la casa y ordeñar las ovejas y las vacas. Eso de hierbas era algo muy lejos de su experiencia diaria habitual.

Emilia insistía:

—Mira. Hay que encontrar el rastro. Tenemos que buscar ese frasco. Esto es muy importante. Es urgente.

El Negro Manuel asentía sin saber por dónde comenzar. Trajo a sus perros dejándoles oler por un rastro y los siguió por el bosque hasta un claro donde encontraron huellas de cascos de caballo que salían desde allí hacia otros campos, perdiéndose en el horizonte más allá del lago. Los cascos delataban que eran dos personas y por eso el Negro Manuel entendió la sorpresa del bastonazo en la nuca, aunque solo había visto una persona entrar a la alacena con su cautiva. Un misterio denso como la neblina le llenaba la mente pero era asunto para más tarde. Tenía labores por hacer antes de que avanzara más el día.

Cuando regresó a la alacena, Emilia ya había ordenado todo y estaba empacando requesón mientras esperaba la leche del ordeño. Todo era normal ahora a pesar de ser media mañana. Había quesos por cepillar y encerar mientras llegaba la leche y se preparaba el cuajo. Las ovejas balían y las vacas mugían con ansiedad desde el establo esperando su descargue y liberación a los campos. El Negro Manuel se apresuraba a complacerlas. La mañana no se detenía en su ruta y no cesaba en sus demandas. Todo lo esperado debía hacerse de todas maneras. Hasta Herminia bajó al granero indagando acerca de la leche para sus quesos. El Negro Manuel le contó lo sucedido mientras continuaba ordeñando. En busca de más detalles, ella caminó hasta la alacena para oír la versión de Emilia. Sin decir nada, regresó a la casa seguida por el Negro Manuel cargando dos garrafones de leche. Emilia se quedó en la alacena calentando la leche para añadir el fermento láctico y empezar la fabricación de sus quesos. Había trabajo por hacer y no se podía gastar el tiempo en asuntos fuera del control inmediato. Ya llegaría la hora de confrontar lo pasado. Una vez empezado, el cuajo requería atención. Esta era la parte más delicada en hacer queso y mantener una calidad constante.

6

Una vez se restableció el orden, Emilia actuó como si el incidente hubiese pasado sin consecuencias No expresó ni confesó sospechas. Mientras la leche cuajaba, reexaminó su botiquín y dibujó un diagrama notando la posición de cada poción y elixir. En ese mismo cuaderno tenía la fórmula y proceso para el Solano, además de la lista de su biblioteca herbal con volúmenes antiguos y contemporáneos. Notó que algunos frascos tenían menos esencia de lo usual y tomó nota de nombres y carácter, así también como de posibles mezclas. Concluyó que alguien estuvo usando su botiquín en ocasiones anteriores a la corriente. Tuvo sospechas pero no las expresó abiertamente. Su vocación por las hierbas estaba ligada a algo muy antiguo que descendía de la Edad Media y los monasterios benedictinos de Italia y Francia, especialmente del Monasterio de Monte Cassino en Italia, unos ciento treinta kilómetros al sur de Roma, donde se recogieron y perfeccionaron recetas usadas luego por médicos y curanderos en toda Europa y eventualmente el Nuevo Mundo. Muchas de las hierbas no existían en las nuevas latitudes pero se buscaron equivalencias que terminaron por producir los mismos efectos, tal vez más fuertes. Como lo descubrió Humboldt, la botánica era universal en lugar de meramente local. Cada planta tiene un complemento a través de las latitudes y altitudes, como él lo demostró en su primer volumen de *Cosmos: Ensayo de una descripción física del mundo* publicado en 1845 y traducido al español en 1875. Emilia se sintió fascinada por el libro hasta el punto de esmerar sus estudios de alemán para mejorar su entendimiento apurada por ese afán de investigar fuentes primarias, tal y como el abuelo le inculcó. Leer textos en lenguaje original le permitía colar información y agudizar significado; un proceso similar para ella a cuando en la fabricación de quesos se removía el suero para exponer lo más íntimo y sólido.

Para Emilia era un asunto de honor profesional mantener su botiquín completo y conectar todo más allá de las propiedades curativas meramente botánicas al impacto terapéutico de las hierbas en la vida diaria de los pacientes. No se sabe cuándo será necesario usar una poción para salvar una vida o cómo establecer puntos de continuidad con otras disciplinas. Las enfermedades ocurrían dentro de un contexto mayor que una herida o un dolor.

Así, se dedicó en los días siguientes a explorar el bosque en búsqueda de evidencia de los siete ingredientes principales del Solano basada en su búsqueda anterior. Necesitaba encontrar muestras apropiadas de cicuta (*Conium maculatum*), mandrágora (*Bryonia dioica*), lechuga (*Lactuca virosa*), opio (*Papaver som-niferum*), dormidera (*Hyoscyamus niger*), y belladona (*Atropa belladonna*), además de obtener bilis de jabalí y fermentar vinagre de uvas o fruta al estilo medieval. El asunto era complicado, requería un cierto nivel de preparación bastante ponderoso ya que no era algo fácil encontrar cada ingrediente en su estación y condición propicia. Solo Emilia sabía identificar las plantas co-rrectamente y extraer la esencia requerida en su propio tiempo y manera. Las similitudes con otras plantas eran enormes y confusas al punto de ser letales. Era necesa-rio entender el ritmo de vida de cada planta y su grado de potencia al recogerla. Así que luego de cortar, filtrar y exprimir el cuajo para separar el suero puso el queso en los moldes con los pesos encima y fabricó varios po-tes de requesón.

Ya era pasada la media tarde cuando regresó a su casa y empezó los preparativos para tomar ese baño purificador de trece días como un rito de consagración para la búsqueda de ingredientes para el Solano. Era necesario afinar cuerpo y mente para la pesquisa. Her-minia entendía sus intenciones y le trajo manojos de menta, yerba santa, toronjil, salvia, manzanilla, agri-monia, angélica e hisopo, que, suplementados con ro-mero, sándalo y canela, servirían para hacer la infusión requerida para el baño. Antes de iniciar los baños y la dieta, Emilia decidió acostarse y levantarse a la albo-rada para tomar una caminata por el bosque y purificar los sentidos en comunión con la naturaleza. Era nece-sario hacer pausa y ordenar los sentidos. Desde lejos, el Negro Manuel la vio marchar por la falda de la loma hacia la arboleda, siguiéndola a distancia en caso de que necesitara protección. Los viejos robles cubiertos de musgo con su piso de helechos y madreselva jugaban con la imaginación de todos los transeúntes representando ilusiones de lugares prohibidos o de espanto. La luz del sol se filtraba entre las ramas para crear más ilusiones y alimentar temores sobrenaturales con formas falsas. Bajo la luz matinal el eco de búhos, torcazas y ruiseñores se sumaba al gruñido de mapaches y zarigüeyas con los sobresaltos de ardillas y la presencia torpe de uno u otro ciervo. Había en todo un amplio telón para proyectar miedos, sospechas y supersticiones. El bosque se lo tragaba todo excepto el coraje. Emilia caminaba resoluta, como alguien que conoce el entorno y tiene autoridad. Este era el bosque que ella conocía desde la niñez. El lugar misterioso que creció con ella y guardaba la esencia de sus elixires.

El Negro Manuel la vio entrar y esperó un rato para seguirla sin delatar su presencia, ocultándose detrás de los robles y los matorrales, y caminando suave sobre los helechos. Emilia se enojaría si supiera que la estaba siguiendo como si fuese una niña indefensa. A pesar de todo, ella era una mujer madura sin tacha de miedo o supersticiones. En varias ocasiones demostró agilidad y pericia con su bordón. Al cabo de unas horas, la pudo ver corriendo con un frasco en la mano gritando:

—Lo encontré, lo encontré.

Sin poder contenerse, el Negro Manuel corrió hasta ella para darse cuenta de que en el claro donde encontraron las huellas de los caballos, y muy probablemente con el afán de escapar, cayó el frasco en un matorral de romero y ella lo pudo vislumbrar por el destello del sol sobre el vidrio.

Abrazando a su hermano negro, Emilia se aferró a su brazo y caminó con él hasta la alacena con el paso alegre de colegiala. Las lágrimas corrían por sus mejillas mientras apretaba el frasco en su mano derecha. A su manera de pensar este era un milagro para preservar la esencia y decidió entonces cambiarla del frasco azul a uno verde, mezclándolo con los otros frascos y poniendo el frasco azul lleno solo con agua en el lugar original en caso de que los ladrones regresaran por su botín. También cambió las etiquetas con colores y una caligrafía diferente. Emilia estaba determinada a proteger su botiquín de todas maneras sin tener que ocultarlo en un lugar fuera de la alacena. Ese era su laboratorio y nada o nadie la iba a expulsar. Sin embargo, le encargó al Negro Manuel que instalara un cerrojo fuerte con una sola llave que ella llevaría colgada al cuello. También, emocionada por el aparente milagro de encontrar el frasco y en señal de agradecimiento, hizo que el Negro Manuel llevara varios manojos de lirios blancos y espatofilos a la catedral para adornar el altar mayor. Ella iría luego durante el día de mercado para ofrecer oraciones y recibir comunión, como era su costumbre. Claro que todavía se podría hacer la purificación siguiendo la intención inicial. Todo debe cumplirse y concluir en su tiempo y propósito. Nada se hace en el vacío o sin sentido. Todo existe en su propio espacio. El baño serviría para iniciar un nuevo ciclo de estudio y pesquisa que depararía frescos beneficios. Todo empieza y termina en el agua. Desde el líquido amniótico hasta el diluvio final más allá de la muerte.

Somos en realidad una especie de pez viviendo en tierra firme que apenas representa una memoria reducida de los océanos. El agua es nuestra esencia y la contenemos con la piel, como en una vejiga, mientras nos deleitamos en nadar y jugar y viajar en ella. La tierra es setenta por ciento agua y nosotros somos casi sesenta por ciento líquidos. Tal vez el espacio no es tan vacío y seco como pensamos. Para Emilia, la alberca era su mar interior donde ella se podía unir con la madre agua y obtener un balance cósmico clarificador.

Parte Dos

7

Por trece madrugadas el Negro Manuel pudo observar desde los brezos a Emilia bañándose desnuda en la alberca rociándose con la infusión de hierbas y observando los ritos de purificación. Se maravillaba no tanto por la desnudez sino por la firmeza del cuerpo que parecía más joven que los casi cuarenta años de edad que Emilia ostentaba de manera oficial. Con su larga cabellera negra descendiendo sobre sus hombros y amplios senos hasta sus caderas, Emilia se levantaba como una estatua clásica bañada en el púrpura gris rojizo de la alborada. Tal vez como esas ninfas de las fuentes en la gran ciudad al otro lado del lago que él había visto en sus visitas. El celo del Negro Manuel era por mantenerle la privacidad y prevenir intromisiones indeseables. No existía deseo sexual en su guardia. Después de todo, vestida o desnuda, Emilia era una hermana para él. Un ser sagrado y prohibido, alejado de cualquier deseo carnal.

En todo, el Negro Manuel no sabía que, en una edad más temprana, cuando Emilia cumplía los quince años, esa alberca contuvo la lujuria de una relación intensa y sin bordes que ocupó trece años de la misma manera que el rito de purificación ocupa trece días. Trece años y trece días eran similares sin ser iguales. Todo es asunto de dimensiones y equivalencias. En esa alberca ella había ofrecido su virginidad y escalado a los niveles más altos de pasión sin ser detectada o embarazada. Desde esa edad ella dependía de una capa cervical suplementada por un ungüento espermicida producido por una curandera local bajo la cual ella empezó a estudiar los efectos de plantas sobre la salud. Eventualmente elaboró un sistema más personal de contracepción basado en su nuevo conocimiento y pesquisa más avanzada. En esos trece años, Emilia cursó secundaria, obtuvo un primer grado universitario en ciencias botánicas y fitología que fue continuado con estudios superiores en fitoterapia y realizó varios internados con curanderos y herboristas en México, Perú y Brasil, al punto que a su regreso al pueblo ella tenía una base amplia de conocimiento herbalista para pesquisa personal y trabajo clínico comunal. A todas luces era una curandera con credenciales y una mujer con enorme capacidad sensual.

A todo lo largo de los trece años, la relación sexual continuó sin ser abatida con visitas frecuentes de diversa duración dondequiera que Emilia estudiase. Más que relación era una pasión existencial a todo volumen sin la filigrana de propósitos amorosos y excesos cariñosos. El acto lo representaba todo ni más ni menos. Emilia amaba con intensidad todo lo que su cuerpo podía hacer y sentir siendo igualmente correspondida por su amante cuya creatividad lujuriosa no parecía tener límites. Compartieron además la curiosidad por los efectos de las hierbas, aunque Emilia era más dedicada y estudiosa a estos fines. El amante estaba solo interesado en efectos y sensaciones. El poder intrínseco de cada hierba era para Emilia un reto que debía ser confrontado de modo práctica y racional. A su manera de pensar, tener conocimiento involucraba una obligación ética de hacer el bien y promover resultados saludables. En sus cuadernos ella dibujaba la planta mostrando raíces, tallos, frutos y hojas junto con flores y una descripción del lugar, el ciclo de vida y la vecindad botánica. También hacía nota de las cualidades curativas y el perfil químico de la planta. Al mismo tiempo recogía muestras de plantas para presionar sobre papel grueso de fibra de algodón y encuadernar en su herbario con cada lamina debidamente forrada en cubiertas de plástico. De por sí, el herbario era una realización extraordinaria y exquisita que varias veces fue exhibido en la universidad o en un museo local. Tenía ya más de doscientas páginas en tamaño de folio con el nombre botánico y común de la planta en caligrafía itálica muy cuidadosamente escrito en la esquina inferior derecha. El herbario, junto con una descripción científica de contenido, le dio méritos para obtener un doctorado en Botánica en la Universidad de Ámsterdam con una mención honorífica del Jardín Botánico de Leiden (Hortus Botanicus Leiden) por su contribución al estudio y avance de la taxonomía y toxicología botánica. Tanto el herbario como los estudios de postgrado devoraron una gran parte de la edad de joven adulta de Emilia sumada a su intensa pasión sexual. Su amante compartió esos años en Holanda mientras estudiaba tecnología mediática en la Universidad de Leiden. Esto demostraba de cierta manera una gran capacidad, tal vez desmedida pero integral, de gozo y trabajo.

Como todo principio tiene su final, la relación con su amante empezó a desvanecerse luego del regreso de Emilia al pueblo. Habían llegado a un punto de mutuo agotamiento. Cada uno tenía que responder a nuevas demandas que borraban los puntos comunes. Así, Emilia adoptó un celibato práctico que permitía enlaces periódicos con amantes que fueran de corto tiempo y sin obligaciones o expectativas. Para ella todo era parte de una función netamente biológica muy enfocada en ella misma y su placer. Sin ejercitar la cualidad de amar con sus consecuentes obligaciones, Emilia se concentraba en proseguir conocimiento sin preocuparse por compartirse y entregarse. Contenía en sí misma el carácter de una estrella fugaz o un cometa sin necesitar de una órbita.

Herminia se mantenía muy apercibida de las actividades de Emilia por observación propia y de boca del Negro Manuel. A esto se agregaba el continuo susurre en el mercado acerca de las jóvenes desaparecidas. Allí todo se envolvía en tramas supersticiosas acerca de criaturas míticas del bosque y las fuerzas ocultas del mal corriendo libres por la comarca. Se ofrecieron misas y se organizaron romerías con gran despliegue de devoción. Algunos organizaron un ayuno de varios días postrados boca abajo en la gran nave central de la catedral envueltos en la humareda de incienso y las palabras del obispo recitando letanías de arrepentimiento y perdón. La demostración de piedad fue inmensa pero no salieron resultados positivos después de todo. Las jóvenes permanecían perdidas y la comunidad se mantenía tan perpleja como antes. Fue así que Herminia decidió marchar hasta el convento carmelita al otro lado del lago en busca de calma y claridad. Ella era de las monjas seglares de tercera orden con permiso para vivir fuera del claustro y con derechos a entrar a voluntad para reconfortarse y refrendar la misión en el mundo. Era una dualidad a veces muy difícil de sostener aunque apareciera fácil de ejecutar. No era necesario vestir el hábito pero Herminia lo hacía de vez en cuando para afirmar su estado o enfatizar su conducta.

8

El convento construido casi un siglo antes en terrenos donados por el abuelo era una estructura gris imponente de concreto y bloque de cemento que imitaba las murallas de Ávila con dos grandes portones a puntos opuestos y una doble fila de robles a cinco metros de cada uno por todo el alrededor. Se presentaba majestuoso como una fortaleza para el silencio y la intercesión. No era en realidad un sitio que invitaba visitas proclamando soledad y misterio en su lugar. Fue construido para albergar a un grupo de quince monjas ermitañas procedentes de Extremadura, Castilla y Galicia. Con el tiempo se expandió para albergar un grupo de Carmelitas Descalzas de la Segunda Orden o monjas contemplativas aumentadas progresivamente por Hermanas Seglares de la Tercera Orden que viven la disciplina carmelita de castidad, pobreza y obediencia en sus hogares o en el convento. El edificio del convento se había dividido en sectores para acomodar cada grupo con la capilla en el medio y una gran cocina y refectorio común donde las monjas tomaban sus comidas a ciertas horas determinadas para no mezclarse unas con otras.

Tenían varios patios para cultivos de hortalizas y legumbres que eran suplementados por ofertas periódicas de la comunidad laica en los alrededores. Cada "oficio" tenía una monja encargada ejerciendo sus funciones dentro del consenso general de la Liturgia de las Horas empezando con el toque de tablillas a las 6:30 de la mañana hasta el repique para retiro a dormir a las 11:40 de la noche luego de rezar el Rosario y recitar las Completas (oración antes del descanso nocturno) además de la Maitines o primera hora canónica. Cada día estaba así organizado estrictamente entre oficios y oración viviendo siempre en función de la Liturgia de las Horas con sus varias etapas a través del año.

Vistiendo el atuendo carmelita Herminia llegó a la portería luego de una caminata nocturna de veinte kilómetros por los campos y a través del bosque. La portera la recibió como a una vieja amiga.

—Santísimo Señor. Qué placer verla hermanita. Debe estar cansada. Hay una celda lista para usted. Era la de la hermana Carmenza que murió hace tres meses Tiene un lavamanos y un catre nuevo, pues el viejo ya no aguantaba más. Si quiere, vaya a la cocina y le darán algo de comer. Hace dos días el Negro Manuel nos trajo una canasta de hortalizas y quesos. Es una bendición. Nuestra huerta no está produciendo mucho. Necesitamos abonarla y trabajarla más.

La portera timbró la campanilla que anunciaba un visitante en el recinto y le abrió la puerta con una ligera venia de la cabeza. Herminia no dijo nada pero sí le ofreció una sonrisa y luego siguió las direcciones hasta la celda.

Además del catre cubierto con una cobija de lana sobre un colchón de paja, estaba una gran cruz de madera en una pared, un lavamanos, un aguamanil con una garrafa, varias toallas, un estante con diversos libros, una ventana alta con rejillas que dejaba llegar un poco de luz solar y aire fresco, un cestillo con labores de bordado por terminar, un reclinatorio y una imagen enmarcada de Santa Teresa de Ávila. La hermana Carmenza había vivido sesenta años en esa celda y el aire estaba todavía impregnado de su presencia. Herminia roció un poco de esencia de lavanda para cambiar el ambiente. Satisfecha con la condición de la celda, salió por el largo corredor hasta la cocina en busca de alimento. Hasta ese momento no había dicho una palabra.

En la cocina varias monjas se ocupaban de limpiar el refectorio, lavar los platos y conservar las sobras. Le ofrecieron sopa de apio con verduras y hortalizas más dos rebanadas de pan de trigo. Herminia se sentó al borde de la mesa grande donde comían las monjas. Hizo una oración de gracias y olfateó la sopa detectando unos ingredientes que le causaron sospecha. Por precaución usó el tenedor para coger las hortalizas y dejó el líquido sin consumir. Terminando la cena, llevó el plato hasta el lavadero preguntando qué clase de condimentos le ponían a la sopa.

Como siempre, Herminia escribía en su tarjeta:

"Parece que algunas de las hierbas tienen efectos hipnóticos apaciguadores".

Las monjas cocineras le respondieron:

—Hermana, son los condimentos usuales que nos manda el obispo para alimentar a las novicias. Nosotras no cambiamos nada fuera de agregar hortalizas. Todo se hace con un caldo a base del apio que cultivamos en la huerta. No sabemos del efecto de las hierbas, aunque parecen promover una mente más lúcida y una conducta de obediencia.

Herminia escuchaba con atención, guardando notas mentales que luego copiaría en su tarjetero que no era más que un bloque de tarjetas de papel grueso que colgaba de su cuello junto con un lápiz de grafito blando.

—Hermana, todas las monjas se deleitan con las sopas y se retiran muy satisfechas a sus celdas cada noche. No hay problemas. Mire, aquí entran las novicias que también se deleitan con las sopas. Parece que les da mucha calma para hacer sus oficios y ejercicios.

Un grupo de novicias entraba entonces al refectorio guiadas por dos monjas entonando el *Angelus* y oraciones de acción de gracias por la jornada y la comida. Eran todas jóvenes entre dieciséis y dieciocho años con miradas opacas Algunas eran mayores de veinte años. Herminia las miraba tratando de grabar sus caras en la memoria.

Mientras pretendía lavar el plato, Herminia sacó un poco de sopa en un frasco y lo guardó en los bolsillos dentro de su hábito entonando el *Angelus* en voz baja de regreso a su celda. Por todas apariencias ella era una monja devota bien encalada en la disciplina del convento.

Bastante cansada por la caminata y los eventos del día, Herminia se acostó y cayó dormida muy rápidamente. Hacia el amanecer, sintió una figura entrando en la celda, husmeando en busca de algo, examinando la mochila y su contenido. En la penumbra solo podía vislumbrar una figura alta y delgada con un aroma especial de lavanda y bergamota. Herminia pretendió estar dormida hasta que la figura salió de la celda y urdiendo en el cestillo se aseguró que el frasco con la sopa estaba aún allí sin haber sido descubierto, lo mismo que su tarjetero.

Así, decidió participar en los ejercicios del día empezando por misa y desayuno antes de hacer oficios en el jardín hasta el mediodía, seguidos de oración en silencio, una breve siesta y oficios de la tarde hasta la cena. Con cada monja concentrada en sus oficios y oraciones, le era posible transitar por el convento demostrando piedad y bondad. A todas luces, ella pertenecía en el entorno y actuaba familiar con todo. La caminata le había irritado unos callos en la planta de los pies y se sentaba en una banca en el patio a frotar un manojo de árnica sobre los callos para aliviar el dolor. Las monjas y novicias haciendo sus oficios veían en esto una señal de conocimiento y no tardaron en acudir a ella con preguntas sobre varios males y el valor de las hierbas. Herminia no hablaba pero usaba el tarjetero para escribir nombres y propiedades de las hierbas más comunes, que las novicias y monjas recibían con placer. Sin embargo, a los pocos días apareció la madre superiora en la celda de Herminia luego de los maitines:

—He visto que has violado la regla del convento durante las labores hablando de otras cosas que la bondad de Dios. Tú sabes bien que esto es un asunto muy grave. Debes arrepentirte con siete días de ayuno y mortificación con este flagelo. Yo te daré los golpes cada noche y podré constatar la medida de tu arrepentimiento. Además, tienes que postrarte ante el altar durante la misa matinal y luego durante las horas de oficios hasta la campanilla del almuerzo. Regresas luego a tu celda hasta que yo llegue a darte los golpes de flagelo. No puedes andar por los corredores o los patios.

Herminia reconoció el aroma de lavanda y bergamota mientras obedecía la guía de la madre superiora para quitarse el hábito y arrodillarse en el reclinatorio esperando los azotes que ella esperaba ser poco fuertes, más como rito que castigo.

—Quítate ese sostén tan lujoso. Eres muy vanidosa —le increpó la madre al ver que llevaba un *brassiere* de seda hecho a la medida en conjunto con pantaloncitos del mismo material—. Tienes que renunciar al culto del mundo y la carne.

Un golpe fuerte del flagelo forzó un gemido de Herminia, quien en adelante se refrenó y contuvo el dolor durante los siete fuertes golpes que le dio la madre superiora. Ella podía sentir el impacto de cada tira de cuero y los nudos, mientras su espalda ardía como un fogón. Exhausta y adolorida se quedó abrazada al reclinatorio mientras el dolor amenguaba y la madre superiora salía de su celda llevándose la ropa interior.

Tendida boca abajo en el catre, Herminia trató de aguantar el impacto de los azotes pero el dolor era más de lo que ella pudo resistir y dejó que las lágrimas fluyeran de sus ojos como una fuerte llovizna que la sosegó un poco. En medio de esto, y casi al caer ya desvanecida por el cansancio y el abuso, entró alguien a la celda y le puso un emplasto de árnica con consuelda y miel de abejas por toda la espalda con un rocío de aceite de menta que la refrescó y le calmó bastante el dolor. Herminia no se podía mover y solo pudo ofrecer un gemido de gratitud. Por la alborada, antes del toque de tablillas, se levantó con bastante trabajo, limpió cuidadosamente su espalda y caminó lentamente hasta la capilla. Quitándose el hábito se tendió desnuda boca abajo sobre el piso ante el altar con los brazos extendidos al lado en forma de cruz. Desde el coro, a través del enrejado, las monjas podían verla con la espalda marcada por las huellas inflamadas del flagelo. Parecía un trozo de carne a la parrilla. En medio del gran silencio, todas miraban a la madre superiora expresando preguntas y compasión en silencio. La misa terminó, las monjas salieron a sus oficios y Herminia permaneció postrada frente al altar hasta la señal de la campana interior para regresar a la Liturgia de las Horas. Se levantó entonces, recogió su hábito y regresó a su celda un poco menos adolorida, refrescada bastante por la frialdad de los baldosines. Varias monjas y novicias vinieron a su celda luego del almuerzo, durante el periodo de charla entre hermanas. Cada una traía una historia de haber sido desraizada de su pueblo pero habían perdido el rumbo, la voluntad o la entereza. Habían sido víctimas también del flagelo. No sabían qué hacer. Cada novicia tenía un hijo de dos a seis años de edad ya enrolados en el internado de la escuela de artes y oficios por orden del obispo. Ninguna sabía quién era el padre de su hijo o cómo y dónde se habían embarazado. Le ofrecieron nuevas compresas de árnica y Herminia pudo dormir por el resto de la tarde hasta antes de *maitines laudes* cuando regresó la madre superiora.

—Vamos a terminar este castigo. Creo que ha sido suficiente. Lo sentí mucho al verte tendida ante el altar. Las monjas han pedido merced para ti y yo he concurrido luego de oración y meditación con buen consejo. Tu presencia desnuda frente al altar conmovió a muchas y sobresaltó a las novicias. Así que recupérate y sigue con tus oficios en el convento. He asignado a dos monjas para que te cuiden y te devuelvan la salud completa. Será asunto de unos días. Van a traer ungüento de consuelda con lobelia, miel de abejas, caléndula y árnica para calmar y sanar las cicatrices. Ya estarás bien y salva en unos pocos días. Tu piel es muy suave pero se recuperará pronto con la curación. Seguramente no te quedarán cicatrices. Para el dolor te darán té de mejorana con miel. No te pido excusas porque yo tengo que hacer lo que tengo que hacer para bien de la comunidad y de cada monja. Se necesita mucha disciplina para vivir en el convento. Espero que puedas entender esto. No es asunto fácil cuidar de este rebaño bajo la regla de San Alberto de Jerusalén. La responsabilidad es enorme y muchas veces agobiante. Somos guerreras contra el mundo, el demonio y la carne atacadas a cada momento. No hay tregua. Solo el Espíritu Santo nos sostiene. Quiero hablarte ahora con mucha intimidad. Te pido muy humildemente que me hagas el favor de conseguirme un equipo de interiores como los que usas. Se ven bien sobrios y exaltan la figura sin causar alardes. He usado tu sostén y me siento como si tuviese alas. Mis pechos pesan mucho como tú puedes saber por comparación con los tuyos. Necesito sentirme más femenina y sostener mejor mi cuerpo para evitar esa fatiga que nos crea tentaciones.

Herminia se mantuvo callada dando solo una señal de apreciación con los ojos y un mugido breve. Sacó su tarjetero para anotar dimensiones y luego tomó las manos de la madre superiora besándolas con reverencia dejando caer unas pocas lágrimas. El ardor de los fuetazos todavía quemaba su espalda pero el final del castigo la refrescaba. Como una monja de la tercera orden, Herminia no había esperado recibir tal castigo ya que sus votos cubrían la vida natural en lugar de una existencia idealizada de ermitaña. Además, sus conversaciones con las novicias estaban muy bien contenidas dentro de la disciplina diaria del convento. Ella era carmelita sin aspavientos y rigores extra-canónicos. Viviendo a diario fuera del convento sin beneficio del hábito le demandaba más integridad y mejor expresión de fe en contacto con gente real. El silencio de su voz no era diferente al de las ermitañas cuyos sacrificios se proclamaban con creces por toda la comarca. Existían luchas reales cada día que no se podían remplazar por conflictos idealizados en formatos anticuados y muy probablemente caducos. La lucha por la salvación de las almas se agudizaba en el mundo real en lugar de una celda de escape por muy santificada que fuese.

Así, Herminia se quedó unos días en el convento recibiendo cuidados y compilando una lista de las novicias y sus hijos. El tarjetero que colgaba de su cuello bajo su hábito pronto se llenó de información que su mente expandía con un conocimiento más amplio de la situación. Aunque no había llegado a saberlo todo, estaba marchando por buen camino. A pesar de los azotes, su visita representaba el comienzo de un vislumbramiento de la verdad, como esa emergencia progresiva de los mástiles de los barcos en el horizonte que le probaban a Colón ese detalle de la redondez del mundo como ya lo sabían Galileo, Tycho, Brahe, Copérnico y otros. Todo era asunto de esperar con paciencia y usar mucha agudeza mental. Recordaba entonces esa expresión atribuida a Galileo: *E pur si muove (Y sin embargo se mueve)* que era una voz nacida de injusticia expresando un desafío. La Tierra continuaba sus órbitas alrededor del Sol y Herminia oscilaba con sus sospechas a pesar de los latigazos. Ninguna medida de castigo podía detener su marcha en búsqueda de la verdad. El cuerpo podría ser abatido pero la mente se mantenía incólume.

Parte Tres

9

Cuando Emilia estaba terminando su serie de baños de purificación se dio con la sorpresa de Herminia entrando a la alberca para bañarse con esencia de mejorana para calmar el dolor. Se percató de que Herminia no deseaba el abrazo que era común entre ellas y mirando a su espalda pudo darse cuenta de los estragos del flagelo que no se habían curado totalmente. Sorprendida, Emilia tomó la maja para triturar varias hierbas en su mortero que luego mezcló con miel y agua de rosas como hidratante y suavizador para aplicar a la piel, además de preparar un té para promover mejor circulación y cicatrización tanto como reducir el dolor.

Las dos hermanas flotaron luego por largo rato en la alberca gozando de la frescura del agua y esa ligadura de hermandad que las unía. Emilia se aferraba a su hermana tratando de comunicarle pensamientos y sentimientos paliativos mientras Herminia se contentaba con ese sentimiento puro del abrazo que afirmaba cariño y seguridad. En ese abrazo había tanto consuelo como una continuidad del lazo familiar que Herminia siempre anhelaba sentir y palpar.

Desde su escondite, el Negro Manuel contenía su rabia y deseaba averiguar el porqué de los azotes, pero se contuvo para no delatar su posición. Ya llegaría la hora de hacer preguntas. En manos de Emilia la curación no tardaría en llegar. Eso era lo más urgente.

La tarde ya se acostaba sobre el horizonte más abajo de las lomas y el borde del lago cuando las dos hermanas caminaron de regreso a sus casas con los primeros arreboles del otoño empezando a flotar sobre el cielo azul turquí. Una nueva estación insistía en llegar con la lentitud del cambio de color en las hojas y una frescura energizante en el aire.

Una vez terminada su etapa de purificación y teniendo a Herminia ya bastante aliviada y con poca evidencia de los estragos de los azotes sobre la piel gracias al agua de rosas, Emilia se dedicó a sus estudios herbales para producir una nueva versión del Solano mientras Herminia completaba su base de datos sobre las familias de las jóvenes desaparecidas. Al fin de cuentas eran once con diez hijos de uno a doce años. No había embarazos pendientes. Había que buscar la manera de rescatarlos a todos de un solo golpe y también saber quién era el padre con certitud. Había que calcularlo todo muy bien para evitar falsos revuelos y fracasos. Por varios factores políticos, culturales y religiosos no era posible convencer al sargento de la policía local para montar una invasión al monasterio basada solo en el testimonio de Herminia. Se necesitaban pruebas contundentes con los nombres de los responsables y tal vez varios testigos presenciales. La justicia demandaba pruebas en lugar de sospechas. El asunto de la sopa y sus efectos complicaba la veracidad de los hechos. Con la ayuda de Emilia, hizo un examen de la sopa para descubrir que el condimento especial no era otra cosa que una versión débil del Solano. Era necesario saber quién lo fabricaba para el obispo y por qué se les daba a las monjas. ¿Cuál era el propósito? ¿Que maraña de acciones criminales se formaba alrededor del monasterio, el obispo y el pueblo? ¿Cómo habían descubierto la fórmula? ¿Qué conexión existía entre los secuestros y el Solano? El misterio se complicaba con cada pregunta. ¿Fueron los azotes parte de un mensaje de silencio? ¿Una advertencia para no investigar más? La curiosidad de Herminia y Emilia estaba estimulada pero encorralada con la frustración de no poder obtener resultados inmediatos. Se necesitaba seguir un proceso muy claro y determinado con testigos fehacientes y evidencia contundente.

10

Como se dice: El mundo siempre sigue girando y todo cambia en esa danza. Existían otras cosas y eventos en la vida dignos de mencionar que no estaban relacionados con la desaparición de jóvenes mujeres y sus vástagos. Hay la vida y el vivir que muchas veces no es necesariamente vida pero precisa vivirlo. Son todas dimensiones de la existencia.

Todo parecía funcionar a su manera sin complicaciones. Hacía casi dos años que Emilia había encontrado un gatico de unos pocos días de nacido tratando de protegerse de la lluvia bajo un limonar en el patio. Emilia lo envolvió en una toalla y le dio un plato de requesón. Por ser blanco lo llamó "Copo", dejándole establecer su fuero por toda la casa. Así, Copo creció por dos años hasta pesar casi una arroba con una gran estatura de casi un metro de largo, ojos azules y pelo blanco bien largo. Era un gato enorme como pocos se veían. No era tanto un gato montés sino un enorme capullo felino repleto de astucia y vivacidad. Muy seguro de sí mismo, se paseaba y saltaba por toda la casa tomando siestas en varios lugares predilectos sin pedir excusas pero demandando espacio. Tumbaba limones para jugar con ellos rodándolos con sus zarpas por toda la casa eventualmente dejándolos exhaustos en mitad del patio o en la cocina. Cada mañana maullaba insistentemente a los oídos de Emilia en la cama para despertarla y motivarla a darle alimento. No le gustaba ni el pollo ni el pavo, prefiriendo alimentos con camarón, cangrejo y atún o salmón. Algunos decían que era de esa raza grande de los gatos noruegos del bosque o de los siberianos. Algunos lo reconocían como un gran ejemplar de los Maine *coon* por su gran parecido a un mapache con sus ojos enmarcados de negro. Aún otros decían que era uno de los llamados *ragamuffin* o granuja, que son grandes como gatos monteses. Lo cierto era que no existía gato igual por toda el área y había llegado a la casa de manera especial para recibir y demandar un trato muy especial.

Cada mañana Copo salía con Emilia de la casa hasta la alacena, caminando delante de ella como un heraldo con su cola alzada a la manera de estandarte. No era raro verlo zambullirse en la alberca para perseguir sabaletas y luego tomar una siesta al borde para secarse bajo el sol con su barriga hacia arriba totalmente seguro de sí mismo. Cazaba lagartijas y torcazas con impunidad y efectividad. De vez en cuando atrapaba una perdiz que traía entonces a Emilia como pidiéndole el favor de cocinarla. Ella simplemente le daba las entrañas y asaba el resto para ella misma. Por más que intentaba, no podía atrapar liebres, aunque les daba ratos de buena persecución que tal vez era bueno para el corazón lepórido. Siendo tan grande, los perros no lo molestaban y parecía tener un tratado de no agresión con los galgos del Negro Manuel al punto que dormían juntos en esas tardes perezosas de verano. Por las noches le encantaba sentarse en las faldas de Emilia y recibir una cepillada lenta y larga antes de dormirse. El Negro Manuel admiraba su paso cauteloso por los campos buscando presas en los matorrales o corriendo detrás de liebres. En noches de plenilunio se deleitaba entonando maullidos largos y agudos que pronto lograban respuestas por parte de otros gatos del vecindario para formar un coro de una gran algarabía sinfónica felina que causaba mucho disgusto y diversos intentos para silenciarlo que tal vez le daba satisfacción como el aplauso a un gran ídolo. A pesar de todo, amaba a Emilia y se mantenía cerca de ella a toda hora como la reencarnación de un amante. No se sabe de dónde venía, pero era muy cierto adónde iba.

11

Luego de su visita al monasterio, Herminia se dedicó a formar amistades con las familias y parientes de las desaparecidas sin delatar sus conocimientos o sospechas. Buscando saber más de los niños concentró sus esfuerzos en la escuela de artes y oficios que los padres salesianos construyeron en las afueras del pueblo en un campo donado por el abuelo. Era un conjunto de varios edificios con capilla, salones de clase, refectorio, talleres, laboratorios, dormitorios, salas de recreación, biblioteca y varios campos de ejercicio y deportes. En una llanura adyacente tenían una granja con huertas y un pequeño rebaño de vacas lecheras donde los estudiantes aprendían y practicaban oficios agropecuarios. Allí estudió su hijo Pablo hasta su graduación con certificados en ebanistería y talabartería y un énfasis menor en metalurgia. Luego de varias conversaciones con el hermano Tobías, que dirigía la granja, Herminia se enroló como maestra de quesos. Aquí empezó a hablar con una voz dulce y persuasiva para sorpresa de Emilia, el Negro Manuel y muchas otras personas. Hablaba por querer hablar y ejercitar cierta independencia. Parecía que una nueva Herminia había salido de repente de entre la cultura dormilona del pueblo. Con esta voz, Herminia aconsejaba a los estudiantes sobre el proceso de cuajar leche y formar quesos. Con la ayuda del taller de carpintería se fabricaron moldes pentagonales de veinte centímetros que le daban una forma especial a los quesos eventualmente curados y encerados de color naranja. Se vendían en la tienda de la escuela que también ofrecía frutas, vegetales, legumbres, huevos y un sinnúmero de productos de los varios talleres, desde mesas y sillas hasta bandejas y utensilios de cocina y comedor. Desde los más pequeños hasta los más avanzados, todos los estudiantes estudiaban y practicaban un oficio o un arte. Allí se fabricó el bordón del Negro Manuel y varias canastas que Emilia y Herminia usaban para llevar frutas y vegetales al mercado. También habían fabricado un lecho para Copo con una mezcla de madera y mimbre complementado con una colchoneta de terciopelo rojo. El gran gato la arrastraba por el patio hasta acomodarla bajo un alero o en un salón interior para evitar la lluvia o encontrar comodidad a su manera. Herminia lo llevaba de vez en cuando a la escuela, donde era bienvenido como un modelo para clase de dibujo con su tendencia a dormir y voltearse boca arriba durante el sueño. Dibujos de Copo en lápiz, acuarela y media mixta se vendían muy bien en la tienda, tanto que el logotipo del queso tenía su imagen. El hermano Patricio, que enseñaba arte, produjo un lienzo bastante grande del gato que se colgó en la portería de la escuela y del cual se hicieron muchas litografías en el taller de imprenta y artes gráficas para satisfacer demanda. Se podían también ver camisetas con la cara del gato impresa al frente como una especie de mascota de la escuela en lugar de San Francisco de Sales o San Juan Bosco. En sus siestas, Copo podía enajenarse muy justamente de tanta popularidad. Emilia se limitaba a acariciarlo y alimentarlo. El resto del mundo estaba engatusado.

Luego de la graduación, Pablo y varios compañeros lograron comprar, con ayuda de Herminia y Emilia, un edificio donde establecieron un taller de ebanistería y talabartería, fabricando muebles, bolsas de cuero y sillas de montar. La primera exposición de su trabajo les resultó en varios contratos y el diseño de folletos para promover sus productos más allá del pueblo. Por buena fortuna y buenos productos el negocio creció a pasos enormes, logrando premios y menciones en ferias artesanales. La influencia educativa de la escuela de artes y oficios se promovía por el buen desempeño de sus graduados y hacía del pueblo un lugar atractivo para estudio y comercio. Estas cualidades no pasaban desapercibidas por un grupo guerrillero que por varios años merodeaba por el bosque desafiando el orden cívico y social sin recibir una respuesta adecuada de la comunidad a sus comunicados y afiches. Ya habían tratado de irrumpir en la alacena de Emilia para "liberar" los quesos pero la cerradura los frustró junto con los galgos del Negro Manuel mostrando sus dentaduras. Fue así que para sorpresa de todos, llegaron en un día de mercado para disturbarlo todo y lanzar sus arengas desde el pórtico de la catedral. Ante la protesta de las vendedoras con una lluvia de tomates y fruta, se retiraron un poco a las calles aledañas y terminaron por capturar a Pablo y sus tres compañeros, causando daños al taller y llevándoselos hacia su campamento en las lejanías del bosque. Herminia estaba furiosa ante la falta del sargento y su guarnición de policía para prevenir el asalto y el secuestro.

—Doña Herminia —alegó el sargento—, tenía órdenes del comando central para no intervenir y evitar una mayor conflagración con pérdidas de vida. Este conflicto es más político que táctico. Voy a esperar órdenes de la capitanía para proceder. Sabemos más o menos dónde está su guarida y el ejército lo sabe también. Ya tomaremos medidas apropiadas de rescate. Tomará un tiempo pero lo haremos. Tenga fe. Este grupo no demanda recompensa y no comete asesinatos. No se sabe en realidad por qué luchan y ellos no parecen saberlo tampoco. Hay que esperar a ver qué pasa. Necesitamos cautela.

Herminia escuchaba sin ser convencida o aplacada.

—¿Como es posible que pase esto en este pueblo? El abuelo nunca lo permitiría. Tengo fe, como pide el Evangelio; pero sabemos bien que fe sin acción es inútil, como lo dice San Pablo. Yo tengo que hacer algo.

Muy enojada, Herminia regresó a su casa para contemplar un plan de rescate. Examinando un mapa topográfico de la región pudo deducir la posible localización del campamento y entender el contexto. En su mente empezaron a urdirse ideas y estrategias que anotaba en un pizarrón con puntos a favor y en contra. El enfoque inicial era la liberación de los secuestrados pero eventualmente el esfuerzo concebido tenía el propósito de derrotar contundentemente al frente guerrillero. Herminia argüía que por muchos años el país había tolerado estas insurgencias pero ya era hora de terminarlo todo y establecer una paz duradera, al menos en esa comarca. La rebelión romántica de luchas por conceptos de liberación estaba caduca y debía darle paso a una nueva vida sin las ansiedades y tormentos de una época pasada. En cincuenta años de lucha por las partes más lejanas del país, las varias guerrillas no habían podido motivar a la población en su favor y solo contaban con las arengas de siempre sobre desigualdad económica y lucha de clases apoyadas por el provecho del tráfico de drogas y armas para subsistir. Una vida normal trataba de transcurrir entre los ocasionales sobresaltos de secuestros, matanzas y atracos que de manera directa afectaban a la población en sus labores naturales. Los motivos para las guerras civiles que definieron la vida republicana a lo largo del fin del siglo XIX y principios del siglo XX se habían desintegrado ante la indiferencia de nuevas generaciones más preocupadas por estar a paso de avances en tecnología y obtener entrenamiento efectivo para progresar en la vida y los negocios, que en marcar puntos políticos sin consecuencia positiva inmediata. Las guerrillas pretendían continuar avivando el espíritu de las guerras civiles con argumentos adicionales que ya habían fracasado en Europa y Asia. Esos grupos de intereses creados sobre una base de agravios y vejaciones había dejado de existir para perseguir educación e industria como objetivos más productivos y logros más realizables. Los tiempos demandaban paz y tranquilidad sin estratagemas políticos de mantenimiento de poder.

Así, Herminia veía en todo un conflicto de generaciones en lugar de una lucha de ideas generacionales. Generaciones sin apreciación de herencia y lugar tratando de forjar una identidad en los montes bien apartados de una realidad nacional. Generaciones que no estaban enraizadas en la comunidad y circulaban como esas plantas rodadoras del desierto que no lograban establecerse en un contexto más propicio alimentando los propósitos de líderes descontentos satisfaciendo sus egos. Plantas rodando a merced del viento sin echar raíces en tierra firme. Se podían ver tal vez también como la leyenda medieval del judío errante, condenado a vagar por la tierra hasta el fin de los tiempos en castigo por negarle a Jesucristo un sorbo de agua en el camino al calvario. Era posible que estos guerrilleros pudiesen continuar en su misión hasta el fin del mundo, pero también era cierto que no hay mal que dure cien años ni cuerpo que lo resista. Herminia estaba resoluta a erradicar este mal para bien de la comunidad. ¿Cómo hacerlo?

12

Vistiendo su hábito carmelita, Herminia caminaba por el bosque buscando señales del campamento mientras pretendía recoger frambuesas y trufas. Esta era su estrategia preliminar acompañada a la distancia por el Negro Manuel y sus galgos. No tenía un plan alterno. Solamente quería vislumbrar una presencia en lugar de entrar al campamento. Por su familiaridad desde niña con el entorno no tenía miedo de perderse, aunque a veces se confundía en las partes más espesas y oscuras donde los matorrales y la madreselva bloqueaban la vista o causaban sombras desconcertantes. Sin querer regresar a casa cada tarde y deseando localizar fogatas bajo la cubierta de la noche, se acostaba sobre los helechos cubierta de hojas o se reclinaba en las raíces de los robles más viejos que surgían del suelo cubiertos de musgo. El otoño ya empezaba a cambiar el bosque de color y olor. El follaje roji-amarillo de los robles junto con la intensidad púrpura de las cañas de mora y frambuesa reflejaba y cambiaba la luz del sol tiñendo el aire de carmesí, marrón y lila mientras la tierra exudaba un olor agridulce.

Por fin, al cabo de una semana en el bosque Herminia pudo vislumbrar las luces de un campamento y anotarlo en su mapa. Desgraciadamente fue sorprendida casi inmediatamente por una patrulla de guardia y tomada cautiva.

—¿Qué hace por estos lados, hermana? Esta es la parte más profunda del bosque.

Sonriendo tímidamente, Herminia mostró su canasta repleta de trufas y frambuesas mientras escribía en su tarjetero:

"Tengo voto de silencio. No hablo".

Caminando hacia el campamento, Herminia podía tomar nota del carácter de los robles y los matorrales, así como de la cubierta vegetal con flores y helechos. Cruzaron un arroyuelo y entraron al campamento llegando a una plazoleta en el centro, donde en una asta de metal flotaba la bandera de la guerrilla al lado de una fogata con varias ollas de cobre. La hicieron sentar a una mesa con su canasta mientras llegaba el comandante. Herminia mantenía su cabeza agachada dando señales aparentes de humildad mientras analizaba el entorno por debajo de su capucha. Era un campamento con varias tiendas y dos vehículos todo-terreno montado en un claro del bosque. Herminia podía contar tal vez una veintena de hombres. Al cabo de un rato salió un hombre de una tienda y ella lo reconoció como el perorador de ese día en el mercado.

—¿Que hace aquí? Está lejos de su convento. Hay más trufas en el otro lado del bosque, cerca del lago.

Herminia señalaba que no podía hablar pero escribía en su tarjetero:

"Creo que me perdí por la oscuridad. Soy carmelita de la tercera orden y no vivo en el convento. Recojo trufas para empaquetar y vender en el mercado una vez las limpio de tierra. Lo he hecho por casi veinte años. También las añado a mis quesos y las uso en salsa para tallarines, carne y pescado".

Los hombres alrededor se arrimaban para ver lo escrito por Herminia pidiendo que le agregase trufas a una de las ollas donde se cocinaba una sopa de vegetales. El perorador, conocido como el comandante Teodomiro, calmó a todos con un gesto y le pasó el deseo de sus hombres a Herminia, quien escribió:

"Sería un gran placer cocinar para ustedes".

Inspeccionando las ollas y saboreando la sopa hirviendo en una de ellas se dio cuenta de la falta de sabor. Herminia lavó varias trufas en un aguamanil y con su navaja de bolsillo sacó tiritas de trufa para añadir a la sopa, completando al mismo tiempo los condimentos y agregando rebanadas de papa y un poco de leche para mejor redondear el sabor. Sacando un poco de sopa con un cucharón la echó en un plato que le ofreció al comandante para saborear. La respuesta no tardó en explotar de los labios del comandante:

—Esto es delicioso, divino, tremendo. Que mis hombres lo prueben para que vean lo que es la buena cocina. Vayan pues, muchachos. Coman.

La olla contenía casi tres galones de sopa que muy pronto desapareció consumida por la cuadrilla. Herminia se había retirado a su mesa con la canasta pensando cómo salir del entuerto y tratando de encontrar a los secuestrados. El comandante se sentó a su lado continuando el elogio a la sopa y prometiéndole llevarla en el todo-terreno de regreso a su casa si ella regresaba una o dos veces a la semana para cocinar una cena. Herminia asintió con un gesto y un apretón de manos. Así ganaba más tiempo y oportunidades para continuar su investigación.

Una vez retornada a su casa, Herminia sacó cuatro quesos para enviarlos al comandante junto con media docena de jarras de conservas. El llamado a la buena cocina le favorecía y daba una ventaja inesperada a sus planes. Así empezó a planear comidas al aire libre para satisfacer a la cuadrilla sin contárselo a Emilia o revelarlo al sargento de la policía en el pueblo. Esta sería su labor personal a menos que resultaran complicaciones inesperadas. En manos de una experta, la culinaria podría ser fiel a su historia como arma guerrera efectiva. El Negro Manuel asentía poniendo fe en las acciones de Herminia.

Muy lenta y progresivamente Herminia fue agregando un poco de Solano a sus comidas para la tropa guerrillera, con el resultado de que al cabo de varias semanas la conducta beligerante se había tornado en una manera dócil sin aspavientos guerreros. Se hablaba entonces de completar estudios, trabajar el campo, abrir negocios, vivir en paz. Herminia estaba sorprendida por el efecto y se trastornaba pensando cómo resolver el problema tanto de la guerrilla como de los secuestrados que ella ya había localizado en una de las tiendas. La guerrilla no sabía qué hacer con ellos y temía devolverlos y perder cara. No era posible agregarlos al cuerpo de la guerrilla por ser ya gente educada en un oficio bastante reacia a la conversión. En todo, Herminia ponderaba cómo involucrar a la policía y al ejército en la captura de guerrillas ya domesticadas por efecto del Solano y casi al punto de rendirse. Pero antes de todo era preciso liberar a los secuestrados.

Sucedió entonces que una columna del Ejército Nacional sorprendió a la guerrilla en su campamento mientras Herminia cocinaba un almuerzo. En medio de la confusión, Herminia corrió hasta la tienda de los secuestrados para desamarrarlos y guiarlos a un todo-caminos en el cual podrían huir hasta el pueblo, cruzando el bosque por un sendero bien marcado. Pablo se hizo cargo de liderar el escape mientras Herminia se quedaba en el campamento para ofrecer primeros auxilios donde fuese necesario.

Para cuando Pablo y sus amigos llegaron al pueblo, ya el ejército tenía tomado el campamento guerrillero por falta de oposición. Parece que la munición para recarga de sus armas había desaparecido de la tienda de arsenal. El comandante elevó una bandera blanca en la asta y ordenó a sus hombres presentarse en formación para entregar las armas. El capitán de la cuadrilla del Ejército Nacional lo aceptaba todo con incredulidad. Todo parecía ser muy fácil, como en un cuento de hadas o una farsa francesa de las que se montaban en las escuelas primarias. Se descubrió entonces que, bajo la cubierta de noche, la munición se había trasladado a otra tienda al borde el campamento en una acción sigilosa pero muy efectiva.

Sentada a una mesa, Herminia lo observaba todo bajo la sombra de su capucha, sorprendida muy gratamente por el efecto del Solano y la labor del Negro Manuel mudando la munición. De alguna manera se había restablecido un tipo de orden con aparentes beneficios para todos. El capitán finalmente llegó y se sentó junto a Herminia para interrogarla.

—¿Y usted, hermana, qué hace aquí?

Herminia escribió en su tarjetero:

"Estaba trayéndoles la paz de Dios que sobrepasa todo entendimiento".

El capitán escribió esto en su reporte y le ofreció llevarla en un todo-terreno mientras su tropa marchaba con los cautivos hasta el pueblo. Era día de mercado y el desfile de las cuadrillas junto con la llegada anterior de los secuestrados causó mucho revuelo, incluyendo un repique de campanas en la catedral y una gran inquietud en Emilia por ver a su hermana sana y salva.

Fiel a su carácter, Herminia se mantuvo hermética solamente tocando la capucha y sonriendo a todos como diciendo: *Estoy bien, gracias*. Se dieron muchos abrazos y votos de buenos deseos. Hasta el obispo salió de la catedral luego de la misa, con los monaguillos quemando incienso y sacudiendo el *aspergillum* tirando gotas de agua bendita para abrazarla y ofrecer una oración de agradecimiento por su retorno sana y salva. El sacristán lanzó varios cohetes al aire que tronaron mientras la banda municipal tocaba sus versiones de himnos y marchas. Era un día de fiesta inesperado. En una paráfrasis de María en el Evangelio de Lucas: Herminia guardaría todas estas cosas en su corazón contemplándolas a menudo. Liberar a los secuestrados le había costado una gran inversión de tiempo y astucia. Ahora quedaba por resolver el misterio de las novicias, los hijos y las intrusiones a la alacena de Emilia. Era hora de reposar un poco y gozar del jolgorio del retorno con la gente del pueblo para posponer el eventual interrogatorio de Emilia. Pablo y sus amigos se abrazaban a ella como uvas en un racimo mientras su hermana le lanzaba preguntas con la mirada.

13

Siguiendo protocolo, el capitán del destacamento del ejército entregó las guerrillas al alcalde una vez se comprobó que no existían cargos sobre ellos por crímenes de cualquier índole excepto por atropellos menores y secuestros fallidos. No se puede decir que este grupo de guerrilleros era inepto pero sí era evidente que sus corazones no estaban en la lucha. Los años gastados en el bosque equivalían a una excursión escolar de larga duración más que una misión transformadora y revolucionaria. Luego de conversar con cada uno de ellos, el alcalde tomó el micrófono en las gradas de la catedral:

Amigos de mi pueblo,

He tenido oportunidad de hablar con cada uno de estos guerrilleros sobre sus motivos y deseos.

Estoy convencido que pertenecen más a la comunidad que a la penitenciaría.

Sus vidas fueron interrumpidas por una respuesta emocional al llamado de la guerrilla y es bueno que en este día de liberación ellos puedan reintegrarse a nuestra sociedad como personas conscientes y contribuyentes.

La Comisión Nacional de Reintegración me ha autorizado a tomar medidas de ayuda para la restauración de individuos a la vida civil.

Bajo esa autorización quiero empezar un proceso de desarrollo y ayuda para cada uno de estos jóvenes que me han expresado un deseo por educación, capacitación, apoyo y facilidades comerciales.

Algunos de los más jóvenes serán ingresados a la escuela de artes y oficios para completar su educación y obtener entrenamiento. Otros recibirán una ayuda prescrita por el Acta de Reintegración aprobada por el Congreso para iniciar negocios o estudios superiores. Todos estarán consignados a nuestro pueblo como garantizador de lo que prometimos aquí.

Son veintidós nuevos ciudadanos que enriquecen nuestra comarca con su presencia y talento. Por el momento se hospedarán en varias casas vacías alrededor del pueblo y eventualmente podrán adquirir casa propia de acuerdo con los procesos normales. Algunos quieren ser granjeros y serán asignados a una de las granjas en la comarca para empezar un aprendizaje que resultará en obtener su propia tierra de nuestra reserva agricultural que fue donada para estos propósitos por el abuelo.

El hermano rector de la escuela de artes y oficios les ofrece un mes de albergue y comida mientras se reorientan.

Abracemos entonces a nuestros nuevos residentes y hagamos lo mejor para ayudarles y apoyarlos en esta nueva vida.

Celebremos este día extraordinario con un abrazo.

La banda municipal entonó más marchas mientras el sacristán tiraba más cohetes y la sombra del medio día se extendía por la plaza como una lagartija. Era hora de fiesta con gran revuelo de campanas, música, licor y un deseo enorme de bailar y festejar como en la fiesta del patrón. La tronamenta no dejaba de sonar. El cielo se estremecía con tanto cohete explotando debajo de las nubes. Las verduleras recogieron sus canastas y cerraron sus estantes para dar espacio a los bailantes y a los borrachos. El Negro Manuel recogió las canastas vacías del estante de Emilia y Herminia junto con varios quesos y zapallos que no se vendieron y animó al burro para regresar la carreta a la casa arriba en la loma seguido por Emilia, Herminia y el comandante Teodomiro. El día había sido largo a pesar de que el otoño lo quería reducir. Emilia ansiaba atrapar a su hermana por un buen rato para conocer los incidentes de sus maniobras y Herminia tramaba maneras de evitar ser atrapada por su hermana. El Negro Manuel sabía la mitad del cuento y deseaba saberlo todo completo. Solo el burro deseaba regresar a su establo y comer su heno y alfalfa sin ser interrogado. El otoño lo tenía todo escrito en hojas de colores que flotaban en el aire frío del atardecer.

Al llegar a la entrada de sus propiedades, Herminia muy rápidamente empujó al comandante Teodo-

miro a su casa por el gran portón, cerrándolo inmediatamente con la tranca. Emilia golpeó fuerte en la madera tallada quedando bien frustrada:

—Te puedes esconder ahora pero no podrás
ocultarte por siempre. Ya nos veremos.

Copo se arrimó para consolarla, frotándose contra sus piernas con su ronroneo de costumbre es espera
de una recompensa de requesón. El Negro Manuel
llevó al burro hasta el establo arreando las vacas y las
ovejas a su paso. Una suave llovizna empezó a caer
mientras la luna se animaba a salir desde su horizonte.
Todo estaba en aparente calma.

Parte Cuatro

14

Dentro de su casa, sobre la mesa del comedor, le esperaban a Herminia varias cartas y paquetes que el Negro Manuel recogió temprano de la oficina del correo. Una carta en particular le llamó la atención. Era una lista de dimensiones de interiores femeninos enviada por la madre superiora del convento con un llamado a satisfacerlos de la manera más pronta posible. Por pura coincidencia, uno de los paquetes contenía los que le ordenaron antes de salir del convento luego de la flagelación. Como mujer, Herminia entendía la fascinación por ropa interior bien diseñada pero como carmelita no lograba entender el deseo que contrastaba con los votos de modestia, humildad y simplicidad. *"Vanidad de vanidades...Todo es vanidad"*, decía Salomón en el libro de Eclesiastés y el verso resonaba en la mente de Herminia creando un conflicto no solamente ético sino también personal. ¿Qué hacer? La segunda página del mensaje explicaba un poco los motivos:

"Enclaustradas como somos, oramos por la juventud pero no sabemos qué o por qué son. Necesita-

mos tener un conocimiento por experiencia para apoyar mejor nuestra oración. El atuendo que recibí de ti me ha hecho ver las cosas de manera más amplia y profunda. No es asunto de carne o lujuria sino de entender más directamente los sujetos de nuestro esfuerzo. Envíame el paquete a mi atención en el convento. Mil gracias y mil bendiciones".

A pesar de sus dudas, Herminia pensaba ir a una tienda de artículos femeninos en el pueblo para conseguir los interiores pero le daba un poco de miedo encontrar a Emilia y ser confrontada con preguntas que no tenían respuestas ideales o satisfactorias. Tal vez por la mañana, cuando Emilia estuviese en la alacena ocupada haciendo quesos, sería posible escapar sin ser vista. Entre tanto le escribió una nota a la madre superiora para cubrir el envío:

"Hago esto sin saber por qué y nada más dependiendo de su palabra. Que el Arcángel San Miguel la proteja de los ataques del demonio. Que nuestras oraciones sean más fervientes y efectivas".

Herminia leyó el resto de la correspondencia, casi olvidando al comandante que, sentado en uno de los sillones alrededor del patio, esperaba instrucciones un poco perplejo ante el estilo de su entrada a la casa y mucho más al escuchar la voz de Herminia en lugar de leer del tarjetero.

—Perdona la demora. Yo solo hablo cuando es perentorio. Ven, te muestro tu alcoba y el resto de la casa. Aquí te puedes hospedar hasta que se defina el asunto de tu educación. No es conveniente que salgas al patio de entrada por asunto de mi hermana que te pondrá bajo interrogatorio. Ya arreglaremos eso. Emilia es muy perspicaz y quiere saberlo todo.

La casa con sus tres patios repletos de materas con diversidad de plantas y flores además de árboles frutales tenía un carácter embrujador en la precaria luz de ese atardecer, que se aumentaba con las sombras causadas por las velas que Herminia prendía durante la gira. Había servicio eléctrico pero Herminia prefería las velas de cera de abejas que el Negro Manuel fabricaba cada otoño cuando se cosechaban los panales. No eran tanto velas sino cirios gruesos con mechas largas que daban bastante luz. Aun así todo eran sombras y destellos dorados temblando con la suave brisa que se colaba por los patios y el roncar suave de esa llovizna fina que parecía querer caer toda la noche. En la biblioteca, Herminia se sentó en uno de los sillones para hablar acerca del abuelo, cuyo retrato en óleo colgaba de una pared. Era la imagen de un hombre de pie, apoyado en un bordón con el paisaje de la comarca a su alrededor mostrando campos de cultivo, ganado y graneros extendiéndose hasta el lago. El tamaño de la pintura era impresionante, tanto como los ojos azules del abuelo enmarcados con cejas espesas, cabello fluyendo al aire y barba blanca que expresaban una gran satisfacción y orgullo con su entorno. Sentada sobre sus piernas en el sillón, Herminia le pidió al comandante que se sentara y le relatara la historia de su vida.

—En realidad no hay mucho que contar. Mi padre es el general Francisco de Jesús Ortega, mejor conocido como don Pancho, quien lideró un golpe de estado fallido hace ya treinta años para restablecer un gobierno más de acuerdo con su pensamiento luego de la gran guerra entre liberales y conservadores que nadie ganó y todos perdieron. Fui reclutado, en realidad ordenado, por mi padre contra mis deseos a ser comandante de un frente en este bosque y localidad. No tengo entrenamiento militar y soy solo líder por la voluntad de mis tropas más que por mis cualidades. Ya usted sabe lo que me interesa en realidad.

Herminia pensaba escuchando y deliberando para sí misma. Por los desgastes belicosos y berrinchosos la patria era menos patria, pero no importaba. Las élites continuaban pensando como de costumbre en su sueño de hegemonía y privilegio mientras las ruedas del tren nacional chirriaban, fallaban y se caían sin esperanza de reparación. Un pedazo de nada era algo, a pesar de todo. Trozos de nada creaban una nada mayoritaria.

Luego del fallo de su golpe de estado, don Pancho huyó con varios hombres hasta la selva donde estableció un cuartel general de su Ejército de Liberación ante la indiferencia del Ejército Nacional y el Gobierno establecido. Desde allí alimentó su rebelión con periódicos, manifiestos airados, llamadas furibundas a rebelión y actos belicosos, como la toma de un puente sobre una pequeña quebrada o asaltos a mercados y caravanas de granjeros en busca de alimentos. Nunca confrontó a unidades militares y aunque pretendía estar oculto en lo más profundo de la selva, todo mundo sabía dónde estaba, al punto que recibía correo regularmente. Cuando sus tres hijos terminaron la secundaria, los reclutó para ser cabecillas de "frentes" en varias zonas del país y así "ampliar la rebelión" con un reto más poderoso y tal vez letal al orden público pensando que sus hijos habían heredado un cierto porcentaje de su ADN terco y rebelde. En esto se olvidaba que los hijos no tenían ninguna tradición militar o ganas de pasar sus vidas en el monte tratando de sobrevivir sin tomar riesgos. Eran gente del presente sin vínculos al pasado. Para proteger la identidad ya conocida por todos, los hijos adoptaron el título de "comandante" tal y "comandante" cual mientras rebuscaban qué robar a su alrededor para comprar pertrechos y obtener vituallas. Por fortuna, la caída de regímenes simpatizantes en las fronteras les deparó una lluvia virtual de armamentos y equipo de campaña distribuido bajo cubierta de noche por caravanas de incursión. El negocio internacional de insurrección armada se apoyaba sin fronteras. Así les fue posible construir mejores campamentos con tiendas y cocinas adecuadas, además de fuentes de agua potable y un flujo moderado de dinero. No era lo mejor posible, pero era mejor que vivir a la intemperie, comiendo sopa de raíces y sufriendo de problemas estomacales por tomar agua contaminada o comer frutas desconocidas. Don Pancho no toleraba ninguna charla de entrega o cese de actividades. En su mente y en su oratoria la lucha era a muerte, a pesar de estar ya al borde de los ochenta sin un resultado positivo o afirmante. Los viejos compañeros de batallas lo instaban regularmente a dejar las armas pero en todo don Pancho veía en estos esfuerzos un atentado a sobornarlo y callarlo o un triunfo parcial de su rebelión. La marea política y cultural del país lo había dejado abandonado en una escombrera de rabia caduca y honor sin respeto que él ignoraba. Luciendo su uniforme militar de gala en la cubierta de sus panfletos parecía nada más que un actor de *operetta* evocando un tiempo pasado que en realidad nunca ocurrió.

En la charla Herminia pudo enterarse del nombre real del comandante Teodomiro. Era Juan Antonio Ortega Palacios y tenía meros veintitrés años. Su afecto inmediato era aprender culinaria y hacer quesos, además de conocer las virtudes de hierbas y arbustos. Con mucho agrado, Herminia le ofreció enrolarlo en un curso de botánica terapéutica en la universidad al otro lado del lago, junto con aprendizaje en talleres de cocina y repostería que los hermanos salesianos operaban en la escuela local de artes y oficios. Sería toda una labor intensa de cuatro años durante los cuales Juan Antonio podría usar la casa de Herminia como su hogar a cambio de ayudar en las labores del campo bajo la guía del Negro Manuel.

Dejando a Juan Antonio acomodado en su alcoba, Herminia salió para la suya, arrodillándose en el reclinatorio para completar los oficios del día antes de quitarse el hábito y entrar a la ducha. Desde su alcoba, Juan Antonio podía ver la figura desnuda de Herminia detrás de la puerta de vidrio de la ducha. Herminia se percató de esto y luego de secarse con la toalla caminó desnuda hasta la alcoba de Juan Antonio para decirle:

—Puedes ver todo lo que quieras, pero no puedes tocar. Controla el deseo.

Dejando al pobre joven bastante desconcertado, Herminia caminó hasta su alcoba arrastrando la toalla como un matador arrastra la capa al final de la faena. La llovizna había cesado y la noche lo arropaba todo en oscuridad interrumpida por el chillido de murciélagos.

15

Por la mañana, luego de cerciorarse que Emilia no estaba en casa, Herminia descendió hasta el pueblo para comprar los juegos interiores requeridos por la madre superiora. Era una orden bastante grande y muy inusitada para la tienda. Trató de comprar los modelos y colores más sobrios, pero se vio obligada a escoger colores vivos y estilos más sugestivos por la falta de surtido en la tienda. Logró hacer envolver todo en un fardo bien armado al que le pegó su carta en un sobre con la dirección del convento al cuidado de la madre superiora. Ya de regreso a casa le encomendó al Negro Manuel llevar el fardo al convento dejándole a Juan Antonio la tarea de arrear las ovejas a otro campo y al establo.

Satisfecha por haber cumplido esta misión, se sentó en una silla bajo el alar del patio principal con sus materas de espatofilos repletas de flores. Cerrando los ojos se dejó cubrir por la luz cálida del sol mientras la voz de su hermana penetraba sus oídos. No era una voz de ultratumba sino más bien de una silla al otro lado del patio:

—Buenos días hermanita, ya es hora de que me expliques todo lo acontecido.

Herminia podía vislumbrar la presencia de su hermana a través del patio y en medio de su sobresalto le faltaban palabras de respuesta.

—No es nada complicado —titubeó Herminia.

—Toma tu tiempo y dime lo que ha pasado —le dijo Emilia en su mejor tono maternal ofreciéndole una taza de té de manzanilla endulzado con miel de abejas—. Cuéntame. Quiero saberlo todo.

Entre sorbos, Herminia relató las varias semanas de su búsqueda por el bosque, su captura y las subsecuentes comidas aliñadas con una versión del elixir. De como eso había cambiado la conducta y mentalidad de los guerrilleros al punto de la captura por el ejército sin pérdida de vida. Era una historia que Emilia escuchaba con sorpresa y enojo por no haber sido llamada a ayudar, aunque la conducta de Herminia siempre había sido contraria a las normas y la prudencia que Emilia representaba. Por fin, las hermanas se abrazaron y compartieron un vaso de ese ron añejo que el abuelo dejó en el barril gigante detrás del bar. Quedaron en compartir todo detalle, aunque en la mente de Herminia todavía existían barreras. Hay cosas que no se pueden compartir tan fácilmente. Es necesario guardar los misterios personales.

Bajo la dirección del Negro Manuel y el entusiasmo de Herminia, Juan Antonio pronto se convirtió en un pastor muy eficiente, arreando las ovejas de lote en lote, aunque los carneros lo trataban con indiferencia y un poco de reticencia acostumbrados como estaban a la mano del Negro Manuel. Eran como trabajadores que solo respondían al patrón. Emilia se acostumbró a verlo por todo el entorno aunque no le gustaba ser objeto de tanta pregunta sobre su botiquín por ser muy secretiva acerca de sus asuntos. Así se alegró mucho cuando Herminia pudo por fin encontrarle cupo en la universidad. Encontraba en Juan Antonio una actitud inquieta y muy insistente que creaba recelo en medio de la expectativa por una madurez incierta. Emilia prefería un trato formal con cierta distancia, al contrario de la intimidad que Herminia proyectaba y usaba. Definitivamente, las hermanas eran diferentes.

Con motivo de la inminente salida de Juan Antonio para la universidad, Herminia organizó un agasajo en su casa con la presencia de los guerrilleros que estuvieron bajo su comando. Era un asunto muy privado sin alardes y buena comida. Un grupo de músicos locales llenaba el aire con tonos de guitarra y tiple mientras Emilia repartía tamales y refrescos de fruta bien ensalsados con un poco de ron. Los patios de ambas casas estaban adornados por guirnaldas hechas por el Negro Manuel con espatofilos, mirtos, rosas y hortensias. Era todo un evento muy agradable que de repente fue interrumpido por la incursión de don Pancho en su uniforme de gala con una tropilla de guerrillas. Trepándose a una silla sin pedir excusas entregó su perorata ante la sorpresa de todos:

Con gran riesgo personal vengo a saludar a mi hijo menor, que abandona la causa justa para perseguir otros propósitos probablemente justos a su manera.

Nunca esperé tal desatino de mi autoridad parental pero me conformo con el tono y rumbo de su ambición. Tanto él como yo debemos alcanzar nuestros objetivos.

Ya estoy llegando al fin de mi lucha, más por edad que por vigencia.

Tal vez en esta tierra que el abuelo conquistó para erigir comunidad e industria con independencia se puede marcar el principio de mi final.

No depongo ni mis armas ni mi persona, pero suspendo toda operación belicosa en favor de una paz duradera y próspera.

Regresaré a mi rancho de carpas de campaña en la selva, satisfecho del buen rumbo de mis hijos y mis ideales.

Salgo invicto y justificado. La lucha no ha sido en vano.

Diciendo esto intentó un salto elegante y vigoroso de la silla hacia el suelo, tratando de demostrar vitalidad, pero cayó estrepitosamente de bruces con su cabeza pegando con dureza sobre los baldosines lo cual lo privó de conocimiento. Emilia acudió prontamente a su lado tomándole el pulso en la nuca y luego abriendo la chaqueta para auscultar el pecho. Su mirada lo decía todo. Don Pancho había dejado de ser. La tropilla pronto lo puso en una litera cubriéndole la cara con la chaqueta y saliendo en sus todo-terrenos a marcha forzada hacia el campamento en la selva, mucho más allá de la orilla opuesta del lago. Todo había pasado muy rápido y en la neblina del anochecer todo parecía ser nada más que el borde esfumado de un sueño.

Los periódicos eventualmente tomaron nota de la defunción de don Pancho, escribiendo reseñas extensas sobre una vida de combate sin respuestas o logros. Sus tropas hicieron un funeral muy bien atendido por sus antiguos compañeros Se construyó un obelisco de rifles sobre una estructura de acero que serviría para marcar su memoria al filo de una carretera de penetración trazada sobre el borde de lo que una vez fue su campamento, tal como había sido planeado por mucho tiempo. Luego de varios días, Juan Antonio recogió la chaqueta de gala y la enmarcó en una vitrina de vidrio con marco de nogal para colgarla en su habitación con el consentimiento de Herminia. Era una presencia simbólica de su padre sobre su vida. Un gesto de respeto y posiblemente de afecto. Se pudo saber entonces que sus pistolas nunca tuvieron munición. El sable que siempre colgaba de su lado resultó ser de plástico muy hábilmente fabricado y decorado. Existía en todo un sentimiento de teatro que encajaba bien con el contexto de las varias luchas guerreras y políticas que azotaban el país. El sentido de honra y propósito no era más que un esquema retórico.

Con la muerte de don Pancho, la paz llegó parcialmente a la región por falta de oposición mientras el país se remontaba sobre sí mismo con la esperanza de que las otras fuerzas guerrilleras decidieran abandonar sus farsas y repartirse los botines para producir una paz que connotaba todo lo bueno posible. Los cabecillas, en acuerdo con las élites, negociaban esa paz bajo la cual se convertirían en senadores de la república o precandidatos a la presidencia con todos los crímenes perdonados u olvidados por edicto. Los secuaces iniciarían carreras como comentaristas, escritores, profesores o abogados. Algunos se dedicarían a la agricultura o la ganadería mientras una minoría insistiría en traficar en armas y drogas, dada la gran demanda por municiones y estupefacientes en el mercado mundial. Los muertos y las violadas ya estaban muertos o violadas, no quedaba nada para restituirles. Había que proseguir a los nuevos horizontes de un país redefinido. Claro que hay que diferenciar entre guerrillas genuinas con argumentos locales y guerrillas postizas con argumentos prestados de otras partes y culturas. Las genuinas abandonaron las armas en vista de un consenso de haber luchado honestamente sin efecto mientras que las postizas persistieron en un negocio bélico alimentado por el tráfico de drogas bajo la mirada complaciente de las élites que pretendían recibir la estima de otras élites fuera del país. Era un simple asunto de obtener importancia y sentirse admirado en un cierto contexto muy lejano de lo local. Así se hablaba interminablemente de paz, cordialidad y acercamiento sin definir significado o establecer una gramática de veracidad. Eran solo palabras sin significado más allá de su sonido. Letanías fluyendo sobre la bruma del atardecer sin dejar impacto. Don Pancho murió sin pena y con muy poca gloria a pesar de animar la charla política del país por más de treinta años. El país nunca lo entendió y tal vez él mismo nunca pudo entenderse. Su vida y rebelión no eran más que otro capítulo en esa *operetta* montada durante los últimos dos siglos sobre el país por falta de una creatividad más profunda para promover una patria menos boba. La orquesta en el foso del proscenio nacional ya no tenía más música para acompañar las farsas. Todo ocurría ahora en el gran silencio de una indiferencia nacional sobre las tumbas de millares y la desidia de millones.

Parte Cinco

16

En todo, la normalidad cubierta de aburrimiento regresó al pueblo aunque apuntillada por el deseo de saber la suerte de las jóvenes secuestradas. Era una incógnita ya de varios meses, casi un año. Emilia y Herminia incubaban sus teorías y hasta el Negro Manuel guardaba inquietudes bajo su sombrero. El otoño muy pronto se vistió de invierno con el rocío convirtiéndose en escarcha y los rebaños rehusando salir del granero para afrontar la lluvia helada. No había problemas con las vacas que siempre ansiaban trotar hacia los campos con trébol y pasto fresco además de hundir sus ubres en el agua fresca del riachuelo. Parecían niños respondiendo al llamado del vendedor de helados o la campana de recreo en la escuela. El Negro Manuel las dejaba correr aunque les ponía cercas temporales para evitar que se fueran muy lejos y le causaran una caminata larga para arrearlas de regreso al establo. Herminia comentaba sobre el buen sabor y textura de la leche que tal vez se debía al trébol y el pasto fresco con capullos de alfalfa. Las ovejas preferían las planticas de hoja ancha, como la gran variedad de acelgas y salvias que cubría los campos y los lirios y borrajas que crecían al borde del riachuelo y cerca de los brezos. No desestimaban la alfalfa pero eran bastante perezosas como para emprender una caminata larga. Las más osadas intentaban morder las orejas de cactus y los nuevos capullos de brezo y romero. De vez en cuando lograban penetrar el jardín y degustar de las delicias de lechugas, espinacas, coles y también alcachofas, antes de que Emilia o Herminia las forzaran a correr loma abajo hacia los campos. El Negro Manuel les traía alfalfa cortada para sus abrevaderos, la cual resultaba ser un tipo de postre muy apetecido y rápidamente devorado. En medio y, tal vez a pesar de todo, la vida marchaba bien, como ese reloj en la biblioteca de Emilia que marcaba las horas imitando al Big Ben. Allí ella se dedicaba a leer y tomar notas en su deseo constante por aprender y saber. Habiendo concluido su rito de purificación y preparación, se dedicaba a la consideración de elementos y evidencia. El invierno era la estación más propicia para estas indagaciones al forzar una vista interior más concentrada. ¿Quién era esa segunda persona que le pegó el garrotazo al Negro Manuel? Allí podría estar la clave del misterio. ¿Hacia dónde habían trotado los caballos más allá del claro en el bosque? Tal vez los guerrilleros lo sabían. Sería necesario hacer alianza con Herminia a pesar de los disgustos. ¿Cómo formular un objetivo común? Era hora de entablar una discusión seria y ecuánime.

17

Arropadas con sus mantas, las dos hermanas se sentaron al lado de un estante repleto de canastas con ajíes, zapallitos y una pirámide de repollos, además de unos cuantos mangos, mameyes y caimos que el Negro Manuel había cosechado. No tenían mucho surtido de vegetales debido a la estación y porque aún no se había cosechado la papa y la arracacha. El viento frío de la mañana hacía remolinos por la plaza en una especie de juego saltando de estante a estante, forzando más cercanía entre las personas y un consumo mayor de chocolate o té aliñados por aguardiente.

—Hermanita —decía Emilia—, se oye poco acerca de las secuestradas. No creo que se las hayan olvidado luego de la captura de las guerrillas.

—No —replicaba Herminia—, es un asunto más complicado.

—¿Cómo así? Es claro que hay algo que conecta el asalto a mi alacena con los secuestros

Herminia insistía:

—Eso es verdad en parte. Hay que expandir la discusión. No todo es pertinente solo a ti.

—¿Qué otra cosa puede haber? ¿Sobre qué base?

—Necesitamos hablar de manera más calma en un recinto más privado. Ven a mi casa esta noche. Hablaremos en la biblioteca.

Emilia no lo podía creer. Su hermana, que se cubría de secretos, la invitaba a hablar. ¿Cómo era esto posible? Con clientes elogiando los repollos y tratando de obtener una tajada para saborear los mameyes o abrir un caimo para cerciorarse de la madurez era imposible mantener una conversación larga y conclusiva, mucho para el placer de Herminia.

La mañana apareció larga en la ansiedad de esperar el momento para discutir algo con mayor detalle. La sombra de la torre de la catedral apenas empezaba a marchar sobre la plaza como una lagartija adormecida, tal vez atortolada por la brisa fría.

Eventualmente el mediodía llegó y con él el cierre del mercado, Herminia y Emilia emprendieron la marcha de regreso hacia sus casas arriba en la loma, junto al burro trotando lento con la carreta, en esta jornada ya muy conocida que el animal trataba de repetir como en un sueño. La gran puerta con las moreras les dio un breve saludo de bienvenida y Emilia caminó por el muro de piedra para recoger un resto de frambuesas y moras ya fuera de estación. La producción del zarzal esa temporada fue excepcional, entregando una cosecha que aumentó las jarras de jalea y mermeladas. Las zarzas plantadas sin diseño especial por el acto digestivo de los pájaros se habían entreverado en la pared de piedra y ahora alcanzaban su más alto nivel de productividad. Escuadrones de golondrinas y pájaros cantores se deleitaban picando las bayas maduras y Emilia se apuraba en cosecharlas con gran determinación. Así, instruyó al Negro Manuel acerca de podar las zarzas antes de la primavera por temor de que ocultaran y sofocaran a los helechos y el musgo con nuevos retoños. El Negro Manuel había insertado espatofilos en varias secciones de la cerca, junto con variedades de tillandsias, unas plantas aerófitas que él recogía en el bosque y estaban en gran demanda para arreglos de floristería junto con el musgo español que colgaba de las ramas. El muro era un eco-sistema muy particular que requería una atención mínima excepto por la poda anual de las moreras y los zarzales. Muchos creían que Emilia plantó todo lo que allí crecía y la elogiaban por su sentido de diseño y conocimiento de horticultura. El Departamento de Agricultura tomó nota de la diversidad ecológica del muro y lo celebraba en folletos y artículos que elogiaban la visión de Emilia. Para ella era más expediente aceptar las alabanzas que argumentar lo contrario. De todas maneras ella había trabajado en la construcción del muro y las buenas consecuencias eran atribuibles sin aspavientos. De cierta manera el muro representaba la vida y los accidentes que la forman. No todo sale como se planea y lo ocasional se convierte en determinante y cualificado más allá de cualquier plan o

estratagema. Las jaleas y mermeladas de mora y frambuesa resultaron de una ocurrencia imprevista sobre un
muro que se erigió sin pensar en las zarzas y menos todavía en las verduras.

18

Una vez en casa, Emilia llevó una botella de vino a la biblioteca de la casa de Herminia, como aliciente para continuar la charla empezada en el mercado. Sentadas bajo la pintura del abuelo, junto con los pandebonos que Herminia había horneado, el vino forzaba una conversación más fluida. El abuelo en su tiempo estableció una colección de vinos que se guardaba en una bodega al lado de la casa de Emilia y se mantenía bastante completa con nuevas compras. El vino era parte del diálogo en cada casa, tanto para las hermanas como para el negro Manuel y los varios huéspedes.

Fue así que alrededor de una botella, Herminia amplió su relato anterior de la odisea en el convento y el descubrimiento de las novicias drogadas y de sus hijos internados en la escuela de artes y oficios, además de la demanda por ropa interior por parte de la madre superiora. El efecto de los ingredientes del elixir Solano en las novicias no era muy diferente al observado en los guerrilleros. Para Emilia era importante saber cómo fue que el obispo procuró el elixir y las hierbas. Para Herminia lo crítico era investigar por qué el obispo hizo llegar esas hierbas a la cocina del convento y por qué estaban allí como novicias las jóvenes secuestradas del pueblo. Herminia ya sabía sus nombres junto con los de sus hijos. Era muy sencillo conectar madres e hijos en un diagrama, como ella lo hizo en el tablero, pero se necesitaban pruebas irrefutables para hacer la conexión a uno o varios padres. De allí a conectar con los ataques en la alacena había mucho espacio. ¿Qué hacer? Herminia conversó con Juan Antonio acerca del avistamiento de jinetes galopando por el bosque más allá del claro luego del asalto en la alacena. El sonido de cascos les causó varias alertas a los guerrilleros, pero sin incursiones en su perímetro de guardia no pasaban de falsas alarmas. El galope pasaba cerca, pero continuaba en dirección al convento sin poder ser verificado. No tenían caballeriza en el convento, pero sí en la catedral, una que era para uso del obispo. Tres caballos alazanes de mediana edad le fueron regalados por un feligrés que también construyó un granero a un lado de la rectoría con espacios para los caballos y el almacenamiento de heno. Era una de esas cosas que ocurrían por fe y amistad más que por fines de lucro. Un acto bien afirmado en la actitud ya centenaria de Anselmo de Canterbury (siglo XI) quien se definía como "el sirviente de los siervos de Dios". Algo que se predicaba a menudo desde el púlpito y en clase de religión en las escuelas como el objetivo comunal de la fe.

Aquivaldo, el sacristán, estaba encargado del granero y mantenía los caballos con la ayuda de Angélica, su mujer, y su hijo, Cristóbal. Para Emilia eso era una buena noticia ya que Angélica era una de las tejedoras con la lana de las ovejas que se recolectaba de la granja y con ella se mantenía un diálogo muy placentero compartiendo hierbas, verduras y rumores. Aquivaldo era un hombre muy callado y sobrio, dedicado enteramente al servicio de la catedral y el obispo. Por el contrario, su mujer era una persona muy gregaria, enamorada de la charla y el chisme. En ella se alojaba todo el relato de la comunidad. Tarde o temprano ella lo sabía todo y probablemente mucho más. Emilia decidió acercarse más a ella para ver qué información se podría obtener. Herminia enfocó entonces su atención en Cristóbal, que era uno de sus estudiantes en la escuela de artes y oficios, donde hacía quesos y trabajaba de tiempo parcial en el taller de Pablo. Como parte o consecuencia del acuerdo entre las dos hermanas, compraron dos caballos bayos que se acomodaron sin problemas con las vacas y las ovejas en el establo, aunque el Negro Manuel no estaba muy contento con las labores adicionales y solo fue aplacado cuando Herminia asumió parte del trabajo de bañar y ejercitar a los caballos. Parte del ejercicio incluía una cabalgata ocasional con Emilia hasta el pueblo que invariablemente tocaba pasar un rato con Aquivaldo y hacer una visita a los caballos del obispo, los cuales también gozaban de un pastizal cerca de la granja. Otra parte de esta cordialidad era la visita semanal de Emilia a la tienda de Angélica, al borde del mercado, con el pretexto de discutir asuntos del telar y la cardadura de la lana.

Así organizadas las cosas, solo faltaba esperar por eventos. Algo debería pasar para activar una investigación más conclusiva. Los anzuelos estaban tirados al agua y solo había que esperar a que los peces mordieran el cebo.

19

Como siempre, el tiempo pasa desapercibido, colándose en los calendarios sin muchos bombos o destellos. Las fiestas de fin de año llegaron y con ellas regresó Juan Antonio de la universidad con la cabeza repleta de nuevos conocimientos e inquietudes. Además de botánica había descubierto literatura, filosofía y arte; adquiriendo una sed enorme por leer historia y literatura junto con esbozar todo lo que veía en cartillas de papel grueso con carboncillo y tinta color sepia. Cargaba libros de arte en su mochila para observar e imitar técnicas de Goya y Fra Angélico. Encima de todo, estaba leyendo el *Romancero Gitano* de Federico García Lorca, cantando los versos a la manera gitana, acompañado de palmoteo y taconeo, gracias a instrucciones de una maestra sevillana de coreografía. Había sido un semestre muy sobrecargado de estímulos que Juan Antonio pudo asimilar con soltura y entusiasmo. Herminia se mostraba tan satisfecha como orgullosa por tanto progreso y Emilia le mostró su herbario para tratar de conectar sus intereses artísticos con los botánicos. El entusiasmo de Juan Antonio era contagioso y hasta el Negro Manuel encontró en el joven una persona con quien hablar de agricultura en un tono más alto que las faenas diarias. Existía algo más allá de ordeñar y arrear a diario o podar, cosechar y desyerbar constantemente. El Negro Manuel había encontrado en la biblioteca dejada por el abuelo en la casa de Emilia un volumen de Marco Porcio Catón el Viejo titulado *De Agri Cultura* (Sobre la Agricultura) que él encontraba muy fascinante a pesar de haber sido escrito en el año 160 antes de Cristo. Era más que un libro de notas de un granjero que el Negro Manuel muy entusiásticamente adoptaba como fundación ética de sus tareas y ahora discutía con Juan Antonio como una forma de ejercicio de alto nivel intelectual, suplementado por una aplicación contemporánea práctica prescrita desde la antigüedad. Los consejos milenarios continuaban vigentes y prácticos aunque el Negro Manuel estaba reacio a experimentar con la producción de vino tal como Catón lo recomendaba. Para su sorpresa, Juan Antonio estaba empezando a estudiar latín en la universidad, a insistencia de Emilia, como parte de su introducción a la nomenclatura botánica. De varias maneras él podía argumentar que leer un clásico en traducción era convergente con el estudio de la lengua. Así, los dos se pasaban bastante tiempo en el pajar discutiendo a Catón mientras las vacas tomaban una siesta y los carneros romanceaban a las ovejas mozas en cualquier parte del campo. Emilia sonreía viéndolos y escuchando la discusión mientras cosechaba papas y arracacha en los surcos que bajaban del muro hacia el granero. Tenía varias variedades andinas obtenidas del Perú que se habían aclimatado al territorio y por esa temporada estaban produciendo con creces. Papas rojas de corazón amarillo, papas amarillas pequeñas y redondas, papas azules largas como dedos, papas de piel azul y corazón blanco, papas amarillas grandes como bolas de cróquet, papas de piel azul casi negra y corazón amarillo, papas redondas azules de piel y corazón. Con la ayuda del Negro Manuel y Juan Antonio logró recoger la cosecha en varios bultos y llevarla al patio principal de su casa donde las lavó y clasificó en canastas de acuerdo con color y tamaño. Cada bulto pesaba alrededor de cien libras y la ayuda era muy bien recibida. Su corazón daba saltos de gozo con la ansiedad de llevarlas al mercado. Esta era una gran victoria luego de que el Departamento de Agricultura opinó que sembrar papas andinas en esta región sub-andina era una pérdida de tiempo por la esperada baja producción. Pero Emilia no se dejó vencer, trabajó durante cuatro años hibridizando y aclimatando las plantas para obtener semilla idónea mientras preparaba el suelo de la manera más apropiada con la ayuda de un granjero quechua que residía no muy lejos del pueblo. Fue él quien le trajo las semillas del Perú como resultado de preguntas necias en la plaza sobre variedades de papa otras que las usuales. El carácter competitivo de Emilia surgía en estos eventos y el triunfo le causaba un nivel muy alto de emociones. Una comitiva del Departamento de Agricultura se apersonó para observar la cosecha y se impresionaron mucho con los resultados, encomiando la labor de Emilia en aclimatación y cultivo. Le pidieron traer una muestra a la feria agropecuaria en unas semanas. Era por todas luces un triunfo extraordinario que le podía deparar una nueva oportunidad a la comarca. El resultado de casi seis bultos de papa producidos en un espacio relativamente pequeño suscitaba admiración en la comitiva y un orgullo enorme en Emilia que se celebró generosamente con vino durante el proceso de clasificación, para gran placer de Juan Antonio y el Negro Manuel. Para una próxima estación ella plantaría las papas por color y en mejor orden una vez que se recompusieran los surcos.

El día de mercado Herminia preparó un fogón de carbón en una caja de lata de cinco galones y tiró varias papas a las brasas. Tenía también una bandeja con una salsa de ají preparada con tomate, perejil y rábano picante donde colocaba las papas una vez estuviesen horneadas. En otra vasija tenía crema de leche con pimentones horneados para ciertas papas. En una jarrilla colocó palillos para estocar las papas, meterlas en las salsas y saborearlas. Era una estratagema de Herminia y el Negro Manuel para promover el consumo de sus productos. Emilia estaba muy ocupada explicando el cultivo de las papas y calmando los temores de envenenamiento o posesión diabólica por el color y forma de varios ejemplares. Todo elemento extraño suscitaba una serie de temores y supersticiones difíciles de contrarrestar.

Luego de la misa, el obispo vino al estante a insinuación de varias mujeres temerosas por el color de las papas, especialmente las azules; y sin decir mucho, saboreó varias dando un gesto de complacencia con los labios. Los carniceros llegaron con incredulidad y terminaron comiendo varias clases de papas con sendos sorbos de aguardiente y pedazos de chicharrón. Mucha gente se amontonó entonces alrededor del estante y antes del mediodía no quedaba una papa cruda o cocida. Herminia sonreía contando sus ganancias mientras Emilia continuaba dando una disertación sobre hibridización genética, aclimatización y procesos de cultivo. El Negro Manuel le explicaba a Juan Antonio que esto era precisamente lo que Catón el Viejo insinuaba a través de los siglos. A su alrededor nadie sabía quién era ese Catón, pero estaban encantados con el sabor de las papas acompañado de la dulzura del aguardiente de caña. Otros picaban las papas cocidas para hacer el relleno de empanadas que se consumían muy rápidamente, también apoyadas por el manantial de aguardiente que nunca dejaba de fluir. En todo había material y ocasión para festejar y así se hizo con gran entusiasmo.

20

Las fiestas de fin de año transcurrieron sin grandes novedades. La catedral estaba iluminada con guirnaldas de lucecitas que se reflejaban sobre la plaza y el mercado dando la ilusión de una lluvia de estrellas. La venta de papas seguía en su apogeo hasta que el surtido se agotó. Quedó latente la esperanza de una nueva cosecha y los deseos de otros granjeros por establecer surcos propicios bajo la guía de Emilia y el granjero quechua. La comarca entera respiraba un aire de prosperidad en un ambiente inusitado de paz. Juan Antonio fue muy homenajeado y regalado como reflejo del cariño y la esperanza de sus allegados. Emilia le regaló una copia de *Cosmos* de Humboldt como aliciente para pensar a gran escala sobre la naturaleza y el paisaje mientras que el Negro Manuel le dio una copia de la obra completa del poeta chileno Vicente Huidobro para atizar sus sentimientos literarios. Le recordó unos versos de *Tout à Coup* escritos por Huidobro en 1922:

> *"Por el camino de la izquierda huyó el otoño*
> *Los pichones descuelgan el silencio*
> *en pequeños trozos*

Por qué hace tanto ruido en tu corazón
Es la hora en que los peces atentos
como frutos de paciencia
Escuchan descender el tiempo al fondo del agua".

Era necesario, decía el Negro Manuel, tener ojos y oídos abiertos al espacio entre lo que vemos y oímos. La poesía nos sirve de catalejo. Siempre tenemos que salir y regresar a la poesía. No hay modo de escape si queremos ser completos.

Por su parte, Herminia le regaló una prensa para hojas, completa con un folio de papel de algodón para iniciar un herbario a la manera de Emilia. Eran todos regalos que apoyaban su formación y estimulaban sus incipientes inclinaciones. Pablo le regaló una mochila de cuero repujado para cargar sus libros y cuadernos. Eran todas expresiones de cariño y esperanza que sirvieron para despedirlo de regreso a la universidad un poco antes de la Fiesta de Reyes o Epifanía mucho más arraigado en la comunidad y la familia. Sus raíces crecían en tierra fértil, bien abonada.

Parte Seis

21

Era la mañana de Epifanía y Aquivaldo estaba lanzando cohetes anunciando la misa solemne mientras los feligreses caminaban hasta la catedral como el proverbial rebaño de ovejas. A pesar del invierno, el día estaba despejado y menos frío que de costumbre, hasta Herminia había ido con Emilia a sentarse en las bancas traseras, al lado del vitral de San Isidro Labrador, el santo de su mayor devoción. El aroma de incienso. mirra y velas quemando cera de abejas dominaba el recinto traspasado por rayos de luz que el sol lanzaba a través de los vitrales. El organista llenaba el aire con un preludio centrado en temas de Bach para deleite del obispo que había llegado a creer en la divina inspiración de esas composiciones.

Con el repique de las campanillas anunciando la entrada del obispo y los monaguillos para iniciar la misa, toda la audiencia se puso de pie como de costumbre recibiendo, en lugar de una procesión solemne, la marcha de una brigada uniformada de hombres armados con las caras cubiertas con pañolones rojos. El líder llevaba al obispo del brazo a marcha forzada, casi arrastrándolo a lo largo de la nave hasta el altar mayor. Una vez allí, lo hizo sentarse en la silla episcopal mientras él subía al púlpito del evangelio para dirigirse a la audiencia todavía perpleja:

—Soy el comandante Julio Tejada del Frente Veinte del Ejército Democrático de Liberación Nacional, hemos venido a esta comarca luego de desplazar al Ejército Nacional para empezar el programa final de reorganización del campo y los oficios de acuerdo con las cartillas y procesos desarrolladas por la jefatura nacional. La salida del ejército luego de la captura de esos otros llamados "guerrilleros" significa una victoria para nuestro poder y presencia. Ustedes han sido abandonados a nuestra voluntad y programa. Este valle es ahora nuestro. No tenemos interés en discutir nuestros métodos con nadie. Solo demandamos obediencia. Luego de mucha discusión y estudio sabemos muy bien lo que se debe hacer. Estaremos estacionados en nuestro cuartel general, que es el palacio episcopal al lado de esta catedral. No tomaremos más de una oficina ya que nuestra labor está en el campo y el pueblo, donde usaremos tiendas de campaña y los recursos que existen. Desde mañana empezaremos a tomar un inventario de negocios y granjas con sus productos para determinar el cumplimiento de las normas de igualdad establecidas por la jefatura nacional. Nuestro interés es el bienestar de todos con justicia social. Estamos armados para defendernos de los ataques de las fuerzas del Gobierno que pretenden eliminar esta campaña justa y laboriosa. Con esto quiero decir que no toleraremos ninguna forma de rebeldía o sabotaje. Hemos conquistado este territorio y queremos presentar esta comunidad como ejemplo de nuestra metodología.

La audiencia escuchaba incrédula, paralizada por la sorpresa. Algunos trataban de salir pero eran confrontados por guardias armados. Emilia arropó su manto sobre la cabeza para ocultar un poco su cara. Herminia hizo lo mismo.

El comandante continuó:

—Como prueba de nuestra bondad y generosidad les dejaremos concluir este rito. Sepan bien que desde este momento nosotros estamos a cargo. Hemos instalado retenes a las salidas del pueblo para evitar escapes o intrusiones.

Diciendo esto se bajó del púlpito y marchó por el ambulatorio hacia el transepto y la puerta derecha. El obispo se levantó de su silla, avanzó hasta el altar y dio la bendición antes de caminar por la nave central hasta el pórtico en la procesión habitual. Como todos, estaba bastante anonadado por el evento recién pasado. Varias mujeres lo rodearon con expresiones de apoyo y consuelo mientras otras entonaban el rosario caminando con él hacia la rectoría, donde el comandante ya estaba parado en la puerta con los brazos en jarra y varios secuaces alineados frente al edificio. El resto de la brigada estaba formada en la plaza como un destacamento militar. Eran casi cincuenta hombres con la cara cubierta y fusiles en la mano. Dos camiones pintados de negro, rojo y oliva estaban parqueados a un lado de la plaza con su parte de carga cubierta con una carpa. El pueblo había sido invadido y tomado sin resistencia. La sorpresa probó ser enorme, toda la población estaba estupefacta. Los veinte mil y pico de personas que residían en el valle eran ahora prisioneros de cincuenta guerrilleros.

Emilia y Herminia salieron sigilosamente tratando de ser invisibles y caminaron entonces rápidamente con sus cabezas cubiertas hacia sus casas arriba en la loma, tratando de evitar ser interrogadas como gran parte de la gente que ya había sido ordenada a formar filas en la plaza.

—¿Qué vamos a hacer, hermanita —dijo Herminia con voz entrecortada

Emilia le contestó:

—Hay que tener calma y no perder la cabeza. Ya conquistamos un grupo. Nos toca repetir el esfuerzo. Será más difícil esta vez. San Isidro nos protegerá.

—Sí. Pero son más y están bien armados y organizados por todas apariencias.

—Vamos a necesitar a San Isidro y los Santos Arcángeles.

—No temas. Tenemos que pensarlo bien. Nuestras mentes son las mejores armas que tenemos. Hay que utilizarlas.

22

Llegando a sus casas, cerraron los portones y los trancaron, decidiendo comunicarse a través de una puerta que conectaba los patios de atrás alrededor de la casita del Negro Manuel. Eran patios rodeados de paredes altas con una alberca para lavar ropa y líneas de alambre para tender la ropa a secar. Detrás de las paredes estaba una porción del bosque de robles con senderos hacia las montañas conectados con sendas puertas. Era un residuo del cuidado del abuelo por mantener vías de escape en ese tiempo de guerras civiles y poco civiles que azotaron el país antes del auge de las guerrillas y el narcotráfico. En el patio de Herminia se guardaban las gallinas, unos faisanes poco dispuestos a aventurarse por los campos, y una bandada de palomas. Por su parte Emilia guardaba en su patio un grupo de panales, dos enormes higueras, tres pavos reales y varios granados. Herminia había empezado su bandada de palomas con el rescate de dos pichones que ahora formaban un escuadrón bastante numeroso y hambriento que consumía mucha fruta y maíz trillado. El Negro Manuel les construyó un palomar que muy pronto se convirtió en un proyecto de vivienda con varias alas agregadas para acomodar la creciente población ya que cada generación era expulsada del nido una vez que pudiese volar. Emilia era partidaria de comercializar la bandada para reducir población y satisfacer demanda pero Herminia les puso nombre a todos con votos de cuidado perpetuo. No se puede comer lo que tiene nombre. La bandada volaba hasta el pueblo asentándose en la torre de la catedral causando mucha consternación en Aquivaldo, que no quería que la torre se transformara en palomar. El resto de la población se deleitaba con el vuelo del escuadrón y lo alimentaban en la plaza con migajas de pan, trozos de maní y semillas de arroz y maíz, lo cual aumentaba la atracción y las visitas. Ya por efecto de mera genética la bandada se doblaba en tamaño cada año a pesar de la mortandad de pichones y los esfuerzos de varios gavilanes.

—¿Qué vamos a hacer, hermanita? —preguntaba Herminia con una nota de desesperación

Emilia, tal vez fingiendo calma, trataba de tranquilizarla, como lo había hecho en un sinfín de oportunidades.

—No sé, hay que esperar y entonces sabremos. Todo es muy confuso ahora. No nos preocupemos. Lo peor que podemos hacer es tener miedo.

Herminia se arrodilló en su reclinatorio entonando la Letanía de María y la oración a San Miguel Arcángel mientras Emilia se sentaba en un sillón del patio para rezar un Rosario, más por pasar el tiempo que por piedad.

Temprano a la mañana siguiente, El Negro Manuel llegó para anunciar que la guerrilla ya había visitado el establo tomando inventario de todo, pero no pudieron entrar a la alacena debido a la tranca que Emilia le instaló con un candado de acero inoxidable.

Como el camión no podía pasar por la entrada con las moreras, los guerrilleros decidieron desraizarlas y abrir una brecha más amplia en el muro para poder llegar hasta el frente de las casas. Dieron una vuelta sobre el jardín para orientar el camión a la salida sin considerar los daños a plantas y surcos. Una tropilla de seis hombres con el comandante se bajó del camión y golpeó en el portón con la culata de un rifle. Emilia respondió al golpe exclamando con horror al ver la destrucción:

—Me han destrozado la entrada y la huerta. ¿Por qué es esto necesario? Esta huerta es el producto de mucho trabajo por muchos años. Fue plantada con semillas de herencia botánica que ustedes tal vez no entienden. Es parte de mi sustento y de mi trabajo de investigación. Por qué tienen que ser tan crueles e ignorantes. Tienen que tener más respeto.

El comandante con la cara cubierta con un pañolón exclamaba que ellos tenían que demoler todo impedimento a sus funciones.

Emilia insistía con rabia:

—¿Es que no pueden caminar o son my flojos? Tienen que respetar el suelo. Dos moreras casi centenarias les causa espanto. ¡Vaya coraje!

El comandante insistía:

—Necesitamos abrir la alacena allá abajo sobre la alberca y tomar inventario de sus casas y posesiones. Ya tenemos el mapa de sus tierras junto con las escrituras de su propiedad. Necesitamos comprobar que ese negro que vive con ustedes no es un esclavo.

Emilia, con la cabeza cubierta por una manta debajo de un sombrero de felpa, controlaba su rabia y caminó loma abajo hacia la alacena, y abrió la puerta con la llave que colgaba de su cuello.

—Este es un entorno higienizado, tengan cuidado con tocar utensilios e instrumentos.

La tropilla se quedó afuera mientras el comandante inspeccionaba el área. Emilia le mostró el secadero de quesos que estaba a media capacidad por las ventas recientes en el mercado. Explicando que ella era herbo-terapeuta certificada, le mostró su botiquín y explicó los diferentes elixires y esencias. El comandante llamó a un ayudante que procedió a tomar nota del contenido del botiquín y del número de quesos en el secadero además de los diversos utensilios desde mesas hasta garrafones, yardas de estopilla, vasos de cuajo, moldes y pailas. En medio de esto llegó el Negro Manuel con los dos garrafones de leche de oveja recién ordeñada.

—¿Cuantos galones de leche sacan cada día? —preguntó el comandante

Emilia le informó que cada garrafón contenía cinco galones y con ellos se hacían dos ruedas de cuatro libras y unos dos litros de requesón. De manera general diez libras de leche producen una libra de queso. Cada galón de leche pesa casi nueve libras. Y ocurría una pérdida de volumen por el suero. Todo esto limitaba el tamaño del rebaño que estaba ligado a la capacidad de fabricación por una sola persona. Ella empezaba a las ocho de la mañana y terminaba a la una o dos de la tarde.

—No puedo trabajar más de diez galones por día. Toma casi seis horas hacer los quesos. Yo hago entre doce y catorce ruedas de queso por semana. La cooperativa produce entre cien y ciento veinte ruedas por semana. Se venden local e internacionalmente por contratos exclusivos. Son el gran orgullo de la comarca. Este queso se hace de acuerdo con principios artesanales heredados por largo tiempo. Tienen certificado de origen y ocupan un escalafón de sabor muy alto en el mercado mundial.

Ante la mirada incrédula de la tropilla, los carneros y las ovejas franqueadas por los galgos y las vacas marchaban del establo hacia las laderas en busca de sus delicias vegetales. No parecían percatarse de la presencia armada y el orden que eso conllevaba. Todas, junto con los galgos, parecían vivir en otro planeta indiferentes al que no fuese su pastor o amo. El comandante notó esto y trato de interponerse al rebaño para cambiar la dirección de su marcha pero fue empujado al suelo por los galgos que con gruñidos esperaban la orden de cesar y no morder. El Negro Manuel explicó que los galgos estaban entrenados para defender el rebaño y que solamente él podía detenerlos.

—Yo soy el pastor y ellos me obedecen. Cada una conoce mi voz.

—Necesita pasarme a mí ese privilegio —gritó el comandante levantándose bastante enfurecido y embarrado.

—Eso será muy difícil ya que los tengo desde cachorros.

Así el Negro Manuel marchó con el rebaño hacia los matorrales rodeados de acelgas llevando la leche para Herminia. Había en todo el croquis esfumado de una sonrisa mientras las ovejas balaban en coro. Era tal vez la sonrisa de Mona Lisa o la de Emilia cubierta con su manta.

En su enfado, el comandante preguntó:

—¿Para quién es esa otra leche que el negro lleva?

—Es para mi hermana y sus quesos. Es leche de vaca. Ella hace una o dos ruedas cada día. El resto es para kumis o arequipe.

—Parece que ustedes son muy industriosas, deberemos hablar de esto cuando regresemos a la casa.

Marchando por la ladera hacia la casa, Emilia se preguntaba cómo eliminar la presencia de estos invasores. Su pueblo había sucumbido por sorpresa pero debía existir un vestigio de resistencia. Una manera de obtener liberación. Era asunto del honor del pueblo.

Cómo conectarse para resistir sin tomar riesgos. Deben haber más de treinta personas en el pueblo listas a contrarrestar los invasores. ¿Qué hacer?

23

La inspección de las casas duró el resto del día. Emilia se sentó en una poltrona en la biblioteca de Herminia terminando un bordado mientras su hermana, en su hábito carmelita, entonaba oraciones y cantos quemando incienso mientras cuajaba el queso. El Negro Manuel estaba sentado en una banca del patio y salía de vez en cuando a cuidar el rebaño. Emilia le dio instrucciones para calentar la leche y mezclar el cuajo. Ya ella iría luego a separar la cuajada, exprimirla y moldearla.

El gran retrato del abuelo en la biblioteca de Herminia llamó la atención del comandante

—¿Quién es ese hombre? Me parece conocido.

—Es mi abuelo —contestó Emilia—. Él fundó y colonizó esta comarca luego de las guerras de independencia y otras escaramuzas. Todas las tierras fueron cedidas y dedicadas a varios intereses y necesidades: desde la catedral y el mercado hasta la escuela de artes y oficios, incluyendo parcelas para granjeros sin tierra.

—¡Ah! Ese viejo era un oligarca terrateniente. Lo he visto en libros de historia como un héroe colonizador. Seguro que era un tramposo abusador.

—Era simplemente mi abuelo y esta comarca ha crecido bajo su patrocinio. Nunca tuvo poder y nunca forzó a nadie a hacer nada. Simplemente ayudó con generosidad y gentileza. Todas sus tierras han sido donadas. Nuestra herencia es solo esta granja.

—Sí, tal vez despojó a muchos para acumular tierras y enriquecerse con el trabajo de otros.

—No había nada por aquí cuando él llegó. Esta era tierra virgen lejos de las áreas de desarrollo. El abuelo tuvo un sueño y lo cumplió con creces en este lugar lejos de poderes y autoridades. Tanto, que solo tuvimos carretera de penetración apenas hace seis años. La comarca se conecta por caminos de herradura a caballo o a pie. Lo más grande que ha transitado por aquí son sus camiones. Ni el pueblo ni la comarca tienen nombre. Somos solo un punto de interrogación en los mapas.

—Pero ustedes mantienen alcurnia y poder. Tienen un esclavo y una granja grande y productiva.

—¡No! Nunca hemos tenido título o función en el gobierno del pueblo y la comarca. Somos iguales a todos y trabajamos solas sin esclavizar a nadie. El Negro Manuel no es un esclavo. Su padre fue ayudante de mi abuelo y por eso recibió una casa y una función en la granja de donde devenga sustento por su propia voluntad. Hemos crecido con él y es como un hermano. Vive aquí en su casa propia porque es familia.

—Entonces está co-optado y amancebado como los caballos y las vacas. No es un hombre independiente. No tiene título de tierras.

—Es un hombre enteramente libre que desea estar aquí y trabajar en lo que él ama. El Negro Manuel tiene título a estas tierras de nuestra granja en sociedad con nosotras. Somos una entidad legal, registrada y aprobada. Nuestros padres y abuelos y tíos fueron secuestrados y asesinados por guerrillas o perecieron en guerras sin consecuencia. Mi abuelo estableció esta comunidad fuera del alcance de guerras, pero ustedes están ahora aquí.

El dialogo se volvía un partido de tenis con Emilia sirviendo muy fuerte a las esquinas y el comandante tratando de responder por el centro con golpes tradicionales más defensivos que ofensivos. Se trasladaron a la biblioteca de Emilia donde se sentaron en las poltronas mientras se conducía el inventario y continuaba el partido retórico de tenis.

—¿Porqué ustedes no ejercen un liderato en la comarca como descendientes del abuelo? Para mí es lo más lógico. ¿No es eso su herencia?

—No hay necesidad de eso. Nuestra herencia es educación que nos hace solventes. La comunidad trabaja en independencia sin cuotas o dependencias fijas. Yo puedo producir uno o doce quesos, cultivar dos o doce repollos, envasar una o diez jarras de conservas. Hago lo que puedo y deseo hacer. En esto hay libertad y contento. Nadie me dice qué o cómo hacer o dónde ir o cómo vivir. Somos independientes dentro de un marco común interdependiente.

—¿Pero no tienen por acaso un contrato social de expectativas? ¿Qué pasa si se necesitan diez repollos y usted solo produce seis?

—Otros producirán el resto. Los límites se complementan en lugar de excluirse. Se produce lo que se puede cuando se puede. No tenemos cuotas.

—Ah, por esto Yakoklev colectivizó los granjeros luego de la Revolución Rusa. Hay una responsabilidad y una expectativa que deben ser satisfechas.

—Yakoklev fracasó estrepitosamente y todo alrededor de él a pesar de la propaganda. Se satisface todo en el momento. Tal vez el suelo o el medio social impidió el éxito del plan de Yakovlev. Nadie come recortes de prensa o trozos de discursos. Como acabo de decirlo, aquí hacemos lo que se puede cuando se puede. Es asunto sencillo de suelo, semillas y riego. Ninguna de esas tres cosas responde a argumentaciones abstractas de lógica o consignas partidistas. No se le puede ordenar a los repollos qué crezcan de una u otra manera. Las vacas y las ovejas producen toda la leche que pueden sin necesidad de manifestaciones o exhortaciones.

—Es imposible discutir con usted. Está muy enraizada en su pensamiento aristocrático.

—Hmmmm, ¿cuántos repollos ha producido usted? ¿Cuántas semillas ha sacado de su puño para poner en el suelo? ¿Cuántos litros de leche ha ordeñado?

—Mi trabajo no es producir repollos sino darle lógica a las labores de los trabajadores. Se necesita una lógica para el cultivo de la tierra dentro de un plan con objetivos, tal como Yakovlev lo insinuaba en 1929.

—La lógica funciona en tareas intelectuales, pero en el campo impera la experiencia y el conocimiento real más que los argumentos intelectuales. Se plantan repollos en la tierra en lugar de un papel. Yakovlev fue purgado en 1938, más o menos, luego de su fracaso como comisario del pueblo para el cultivo de la tierra. Nuestra lógica se deriva de una relación con la tierra y la capacidad presente de producir basada en clima y condición respetando la condición humana. No puedo plantar para dentro de uno o cinco años. Planto para hoy. Así, yo produzco mis repollos con atención a las necesidades de las plantas en el momento y las entrego al mercado en su momento para que otros hagan algo con ellas. No me importa lo que les pase a mis repollos una vez fuera de mis manos. Eso es asunto del que los compra. Solo me concierne ofrecer un repollo sano, sin pestes o gusanos, y que tenga un tamaño normal satisfactorio. Basado en eventos ambientales o condiciones del suelo, mis repollos sufrirán variaciones de crecimiento y tamaño de año en año. Yo solo puedo cultivarlos en el momento y para el momento.

—¿Por qué no lo hace con un plan de productividad que cubra todas las alternativas?

—La eventual purga de Yakovlev lo explica todo. En el campo no existe la racionalidad académica. Habrá años en que yo no cultive repollos y ejercite otras opciones, como coles de Bruselas o coles de hoja o zanahorias. Esa es mi libertad, enmarcada por las condiciones del medio ambiente y el mercado, en lugar de un tratado académico. Si hay demanda, alguien producirá repollos para satisfacerla. No siempre se pueden vender o sembrar repollos con años de anticipación. El mercado establece el orden de la necesidad.

—El mercado no es siempre una medida responsable. ¿Qué pasa si se producen más repollos de los necesarios?

—Es un asunto simple. Resultarán más conservas de repollo o se comerán más sopas de repollo o timbales de arroz y carne molida o ensalada de col o aún kimchee, como los coreanos. Hay un sinnúmero de platos. El costo bajará pero el consumo subirá. Así de sencillo es el mercado. Hasta se podría hacer vodka con ellos, como en Polonia. Es asunto de ser ingenioso. Buen ingenio con libertad es un asunto arrollador.

—Discutir con usted me enloquece. Sigamos con el inventario. ¿Por qué tanto libro en la biblioteca?

—Crecí leyendo y amando libros con respeto. Basta solo leer *De Agri Cultura* por Marco Porcio, Catón el Viejo, escrito hace más de dos mil años, para darse cuenta de la perdurabilidad del pensamiento humano. El Negro Manuel sigue los consejos de Catón en el cultivo y manejo de los campos.

—Yo creía que él era analfabeta.

—Al contrario. Tiene grado en Agricultura de la universidad al otro lado del lago. A causa del abuelo aprendió a leer latín y es muy bien versado en los clásicos. Ser negro no implica analfabetismo o ignorancia.

—Ay. Lo siento. No sabía. ¿Qué hace para ustedes?

—El Negro Manuel es nuestro guardián, compañero y socio. Vela por la granja día y noche. Ordeña vacas y ovejas, es un esquilador maestro, cosecha frutas, cultiva flores exóticas, repara cercas y muros (como el que ustedes rompieron), es un experto tirador con su rifle Browning. Puede pegarle a un ciervo a casi un kilómetro de distancia. Recoge musgo del bosque. Sabe pescar y nadar. Canta muy bien con voz de barítono y sabe hacer empanadas.

—Es muy enigmático. No habla mucho. No se puede saber lo que piensa. Parece no tener vida afectiva.

—Debajo de su sombrero hay una mente muy ágil y dentro de su pecho un corazón amable y generoso. La voz de su presencia es muy poderosa, como usted lo ha visto. El Negro Manuel es libre de tener relaciones y convivir con quien quiera. Todo lo que él hace es privado y no está sujeto a nuestra aprobación. Hay muchas mujeres que lo desean y él está libre de escoger.

—Y usted vive sola como una monja igual que su hermana. ¿No tiene alguien de afecto?

—Eso no importa. No he tenido una relación de afecto. Mi trabajo es mi supremo amor.

—¿Pero no necesita proximidad, intimidad y una vida compartida?

—Tal vez la tuve hace un tiempo pero uno crece y lo importante emerge como el queso del cuajo.

—Es una real lástima. Usted sería una buena madre y excelente esposa por todo lo que puedo ver

—No siempre se ven las cosas claramente. Soy feliz como soy y ya veremos cómo voy a ser luego. Hay que darle prioridad al presente. Como decían los romanos traduciendo del aforismo griego de Hipócrates: *"Vita brevis, ars longa, occasio praeceps, experimentum periculosum, iudicium difficile"* (La vida es breve, el arte perdura, la oportunidad se escapa, el experimento peligra y el juzgar es difícil). Chaucer, el autor inglés del medioevo lo condensó: *"La vida es tan corta, la técnica toma mucho tiempo en aprenderla bien"* en su *Asamblea de Gallinas* (*Parliament of Fowls*). Estoy tratando de ser mujer antes que madre o amante. Todo en su tiempo.

—Parece que usted sabe lo que es. Sería bueno saber lo que puede ser.

—No sé a dónde va esta conversación. No se necesita hacer un inventario sentimental personal. Mi hermana lo espera.

El partido de tenis verbal se inclinaba decididamente a favor de Emilia. Luego de tomar más nota de la biblioteca y su contenido, el comandante se dirigió a la casa de Herminia, que estaba vestida con su hábito de carmelita y tenía la casa redolente del humo de incienso y mirra. El tocadiscos mugía con salmos gregorianos en latín cantados por un coro de monjes del seminario benedectino, localizado a unos kilómetros del pueblo por el otro lado del lago. La región había resultado muy atractiva a congregaciones eremitas de retiro. Con las velas y veladoras colocadas por toda la casa el efecto era surreal y el comandante decidió entonces eliminar la inspección y regresar a su cuartel en la rectoría. El Negro Manuel estaba reparando los surcos dañados por el camión y ya había tratado de replantar las moreras con una brecha más amplia en el muro. Varios granjeros vecinos le estuvieron ayudando. En el frío del anochecer cada cual regresó a su entorno. Las huellas de llantas restantes en la tierra húmeda se llenaban con agua bajo la llovizna. Emilia sonreía tomando su té de manzanilla con pandebono fresco horneado por Herminia bajo el retrato del abuelo, que también parecía sonreír por los eventos del día como un gato con plumas de canario todavía colgando de sus labios. Definitivamente había que encontrar una manera de echar esa guerrilla del pueblo y recuperar la magia. En la oscuridad de la noche la Vía Láctea se movía lenta como una manta de cocuyos. Emilia pensaba que la voz del comandante le recordaba otra edad y unos placeres ya un poco fuera de foco. Con estos pensamientos se quedó dormida en la poltrona con Copo ronroneando sobre su pecho.

24

Los días de mercado seguían atados unos a otros en una cadena interminable y aburrida. No eran un rosario ni un collar de perlas, eran solamente días copiándose unos a otros sin mucho propósito, como esas hojas de sicomoro rebotando por meses sobre los andenes de la plaza esperando inútilmente regresar al árbol. Siempre estaba esa guardia guerrillera en cada esquina de la plaza y las parejas de guerrilleros husmeando los sacos y canastas de productos. Todos con las caras cubiertas y el rifle al hombro.

Cada miércoles, casi al mediodía, una vez terminada la misa, el comandante salía al pórtico de la catedral para arengar a la audiencia. Era siempre la misma declamación sobre igualdad y los beneficios de una planificación a largo plazo como una gesta colectiva de beneficio para todos. Más que arenga era un eco de fórmulas arcaicas fracasadas en todo el mapamundi. A pesar de los fracasos y la miseria, la dialéctica no había cambiado en casi dos siglos. Nadie prestaba atención. Cada uno hacía su negocio tan pronto como posible y salían rápidos fuera del alcance de la voz. Los supuestos inventarios de propiedad y trabajo estaban concluidos y ya venía la hora anunciada de iniciar la redistribución. Nadie se imaginaba que tal cosa fuese posible en una comunidad pacífica y próspera. ¿Qué igualdad era necesaria entre iguales? ¿Cuál era la medida?

El comandante estaba muy interesado en saber el proceso de curación de quesos, así que regresó varias veces a la alacena para observar el trabajo de Emilia y a la casa para ver el de Herminia. Preguntaba: ¿Cuántas bolsitas de plástico con un polvo especial se podían insertar en cada rueda? ¿Qué marcas especiales se podían poner en los sellos luego del cepilleo? ¿Cuántos días tardaban los quesos en madurar? Todo parecía ser una inquietud intelectual o mera necedad. Sin embargo, un día, cuando Emilia estaba prensando el cuajo en un molde, él trató de insertar unas bolsas de plástico y fue rechazado por Emilia. Para vencer la objeción, la abofeteó y ordenó a su tropa de escolta quitarle la llave y llevarla hacia la casa. Por varios días el comandante se hizo cargo de hacer el queso, ante la sorpresa del Negro Manuel quien eventualmente buscó un encuentro privado con Emilia y se asombró ante las señales de golpes en la cara y la depresión que la dominaba. Herminia había recibido el mismo tratamiento. Allí decidió hacer algo para proteger a sus hermanas y tal vez al pueblo. No solo los quesos habían sido contaminados sino también cada producto de la comarca.

Fue entonces que el Negro Manuel logró traer uno de los caballos hasta la puerta de atrás en su casa y durante la noche emprendió el galope hacia la base militar al otro lado de las montañas tratando de llegar y regresar sin ser detectado. Solo Emilia y Herminia, junto con un puñado de residentes, sabían de su misión y elevaron una plegaria al Arcángel San Miguel para interceder por su protección:

"San Miguel Arcángel, defiéndenos en la batalla. Se nuestra protección contra las maldades y tramas del demonio".

En el mercado ambas hermanas reclutaron gente de confianza para intentar hacer algo acerca de esta plaga que era peor que la *operetta* anterior protagonizada por don Pancho. Ya había llegado la hora de cerrar el telón. La vida del pueblo no podía continuar interrumpida de esa manera por una tropa y su comandante descendidos de otra edad. Era el momento de conquistar los temores.

Con señales de mano y pocas palabras fueron capaces de desarrollar un sistema de comunicación muy efectivo. Era un proceso lento y cauteloso por temor a las armas más que a los hombres. La cuestión de cómo desarmar pacíficamente a los guerrilleros se volvió la consideración principal. Efectivamente, la comunidad entera estaba secuestrada y ansiaba liberarse sin derrame excesivo de sangre. Era más asunto de vida que de muerte. La estratagema anterior de Herminia no se podía repetir en este caso. Era preciso buscar otros medios. Se reclutaron más jóvenes de la escuela de artes y oficios para practicar deslices sigilosos bajo las sombras por el pueblo Se les encargó un guerrillero a cada dos personas para seguirlo y aprender su rutina. Todos pretendieron estar bajo control total del comandante y sus tropas. El maestro de educación física en la escuela les enseñaba a sus alumnos las técnicas de la lucha olímpica para derribar a un rival. El obispo no se percataba de nada y continuaba en sus rutinas sin causar revuelo.

Llegando a la base militar, el Negro Manuel se sorprendió gratamente al encontrar que allí estaba el capitán que había capturado a las otras guerrillas. El problema era mayor ahora. Estas guerrillas estaban involucradas al mismo tiempo en el tráfico de drogas y unas negociaciones por la paz apoyadas por varios congresistas y grupos de bienhechores profesionalizados. Tocaba demostrar la violación del bienestar público y el dominio del tráfico de drogas con pruebas contundentes. Todo el país ansiaba tener la paz pero no todos la querían a cualquier precio aunque se embriagaban con el aroma de buenos sentimientos. En todo, el "proceso de paz" había paralizado toda operación militar como prueba de la buena fe del Gobierno, y la guerrilla tomaba ventaja de esto pretendiendo negociar un desarme por un lado y continuando su negocio de drogas por el otro lado. El capitán le sugirió al Negro Manuel que regresara al pueblo y exhortara a la gente a continuar sus planes de rebelión. Si llegaban a un encuentro decisivo podrían solicitar ayuda del ejército que despacharía entonces un destacamento del escuadrón de montaña para ayudar solamente si la victoria era inminente con resultados positivos. El escuadrón se desplazaría por helicópteros en lugar de marchar a pie. Bastante descorazonado, el Negro Manuel regresó al pueblo para compartir el resultado de su viaje. Se descubrió entonces que, como siempre, todo restaba sobre los hombros de la comunidad.

El entrenamiento continuó y llegó por fin el día indicado. Era el miércoles 6 de enero, Fiesta de la Epifanía, y el pueblo estaba repleto de gente visitando el mercado y haciendo compras en las tiendas alrededor de la plaza además de ir a la misa solemne del día. Los guerrilleros estaban por todas partes, vigilando los negocios y la población. Se habían asignado dos personas para atacar con sigilo y sorpresa a cada guerrillero con el fin de desarmarlo y apresarlo. Tenían que capturar los rifles, vaciarlos de munición y hacer marchar a los guerrilleros, bien amarrados, hacia el pórtico de la catedral, donde un grupo estaría apresando al comandante y su escolta. El elemento de sorpresa con eficiencia era la mejor arma. Una vez capturados y con todos los guerrilleros amarrados y desenmascarados en un círculo, se llamaría al escuadrón de montaña. Un abogado de la Oficina del Fiscal Nacional vendría entonces con el escuadrón para cargar oficialmente a varios guerrilleros por crímenes cometidos e imputarles las sentencias dadas por varios tribunales. Sería una operación difícil pero posible con un latido pesado de peligro y ansiedad.

La señal era el repique de campanas en la catedral al final de la misa, cuando el comandante se alistaba para dar su arenga de costumbre. Todo sucedió más rápido de lo que se puede describir. Las palabras siempre marchan detrás de los hechos y son un poco cortas de sentido. Dos fornidos carniceros salieron del mercado, se movieron muy astuta y rápidamente, pretendiendo venir a saludar al comandante, lo abrazaron como luchando con un novillo para tumbarlo y amarrarlo de brazos y pies con una reata como en la corraleja mientras él mugía y gritaba órdenes a sus escoltas ya vencidas y amarradas por otros.

Muy pronto un desfile de guerrilleros desarmados, desenmascarados y amarrados llegó a la plaza encabezados por la banda municipal que siempre estaba lista a celebraciones de cualquier índole. Tocaron el Himno Nacional mientras Aquivaldo lanzaba cohetes que resonaban por toda la comarca y atraían una mayor audiencia. Las campanas continuaron repicando y muy pronto el zumbido de helicópteros llenaba el aire. Un abogado de la Fiscalía Nacional con su asistente leyó cargos, tomó fotografías y huellas digitales. Uno por uno los guerrilleros fueron llevados a los camiones mientras soldados del ejército recogían las armas y municiones. Otros camiones del Ejército Nacional llegaron ya cuando todo estaba terminado y un general insistió en hacer una serie de fotografías repitiendo la captura del comandante con él como protagonista. Nadie pensó mucho sobre este detalle hasta que las noticias en los periódicos mostraron esas fotos como eventos reales y al general como líder de la operación.

De todas maneras, la paz retornó al pueblo y, como de costumbre, un río de aguardiente fluyó de nuevo sobre la plaza, acompañado por empanadas, chicharrones y envueltos de choclo. Serenateros con sus guitarras, tiples, maracas y bandolas se desplegaron sobre la plaza entonando esas canciones viejas que atizaban recuerdos y sentimientos gratos de amor y esperanza. La noche era fresca con una luna llena casi tocando las ramas altas de los árboles. El pueblo celebraba esta nueva libertad en toda la extensión de su dicha. Había sido un triunfo de planeación y coraje que servía para crear una mejor unión en la comarca.

Los líderes guerrilleros y comentaristas de izquierda por todo el país y el exterior se enojaron por lo que ellos consideraban como un acto de traición por un pueblo ignorante a los altos ideales de paz en pugna. Lo llamaban una intrusión no deseada en procesos muy por encima de la capacidad mental del pueblo raso. No era para ellos un asunto de libertad y opciones para las masas sino de entrega irrestricta a una ideología de libertad ya bastante difícil de articular. Era un asunto de apaciguamiento quebrado por voluntad popular sin brida. Las élites nacionales de ambas corrientes sabían lo que era mejor para el pueblo raso respondiendo airadas por esta falta de confianza que atentaba con derrumbar el andamiaje del "proceso de paz".

Siendo enero, todos recordaban al dios romano Jano con la habilidad de ver atrás y adelante al mismo tiempo. Ver el principio y el fin de conflictos guerreros. Evitar la tensión de ideas fijas y verdades absolutas. Era tiempo para demostrar máxima flexibilidad. A fin de cuentas, y a pesar de la evidencia, las guerrillas tenían buenas intenciones.

En respuesta, Emilia, Herminia y todas las fabricadoras de queso tendieron mesas en la plaza y abrieron sus quesos repletos de bolsitas de droga que el comandante y sus secuaces habían insertado. Lo mismo hicieron otros comerciantes con sus productos. Era una gran cantidad de droga que produciría una cuantiosa ganancia en el mercado internacional si se lograba exportarla. Era algo similar a lo hecho en otras regiones con las flores para exportación, la mueblería y los enlatados de mariscos. Buenas industrias afectadas seriamente por un comercio ilegal y funesto. Lo periódicos y el Gobierno mantuvieron un silencio receloso sobre los eventos excepto por crónicas cortas muy dentro de las ediciones, junto con comunicados oficiales minimizando el alcance de los actos. El proceso de paz era más importante que el tráfico de drogas. Allí había verdadera riqueza y poder para generaciones educadas en conflicto y su manejo para provecho personal. Un beneficio oculto para todos. Tal vez como Calderón decía: *"Todo es sueño y los sueños sueños son"* o como Shakespeare habla por boca de Próspero en *La Tempestad:*

> *"Nuestros deleites ahora se terminaron.*
> *Estos son nuestros actores,*
> *Como ya os predije eran todos espíritus,*
> *y se funden en el aire, en el aire fino:*
> *Y al igual que la tela sin base de esta visión,*
> *Las torres cubiertas por la nube,*

los magníficos palacios,
Los templos solemnes, el gran globo mismo,
Sí, todo lo que se hereda, se disolverá,
Y, al igual que este certamen,
se desvanece insustancial,
Deja no estante atrás. Somos tal materia
De la cual están hechos los sueños;
y nuestra pequeña vida
Se redondea con un sueño".

Para el pueblo y la comunidad a su alrededor era hora de gozar la vida más allá del sueño. Un sueño que no descansaba sobre el tráfico de drogas o el dominio de territorio. Tenían que despertar para poder vivir el sueño. En medio del bosque de robles retorcidos barbados con musgo y las faldas ondulantes del paisaje descendiendo de picos andinos, una comunidad despertó de un sueño que pudo ser una pesadilla. Quedaba todavía el misterio de las desaparecidas. Emilia y Herminia caminaron hasta la casa cantando los estribillos de canciones viejas y fueron luego a bañarse en la alberca. El firmamento púrpura gris estallaba con estrellas al borde del atardecer ofreciendo un marco bien tallado para contener la longitud de la noche. Llegaría eventualmente una alborada fresca repleta de opciones, con las mirlas cantando a todo volumen y las garzas trazando líneas perezosas sobre el borde del lago. El universo sonreía sin detenerse.

25

Al cabo de una semana las reparaciones al muro y los surcos estaban completas. Se habían refrescado los surcos con nuevas plantas que Emilia tenía pensado introducir desde hacía un tiempo. Ella entonces decidió experimentar con variedades de berenjena que eran más pequeñas y probablemente ofrecerían mejor uso en la cocina. Lo mismo con los zapallitos, los que ella trataba de producir más tiernos y de varios colores para animar el consumo y posiblemente la imaginación culinaria. Zanahorias rojas y moradas entraron también en la nueva mezcla en contra de lo tradicional. El Negro Manuel construyó un parterre paralelo al muro para alojar un emparrado donde esperaba cultivar uvas, curubas y kiwi. Trataría de mantenerlo alejado de la atención de las ovejas con una cerca de mimbre y tiras de guadua tejida que los estudiantes de la escuela de artes y oficios querían fabricar a la manera japonesa. Una nueva producción de quesos empezaba con buenos augurios. Para diferenciarlos del pasado una cera de un color azul índigo más oscuro se empezó a usar y nuevas etiquetas diseñadas por el hermano Patricio se añadieron. Todo parecía andar muy bien, si no hubiese sido por un portafolio de fotos de los guerrilleros que Herminia recibió por cortesía del alcalde. Eran fotos sin la cara cubierta con ese pañolón rojo. No había nadie conocido hasta que Emilia dio un grito al reconocer en la foto del comandante Julio Tejada a su antiguo amante cuando se llamaba Andrés Fernández González:

—¡Ay! Dios mío. Yo sospechaba algo por la voz y manera de hablar, pero no quería delatarme con más preguntas. No sé si él me ha reconocido. Gracias a Dios todo terminó. Él está en manos de la justicia y yo estoy en mi trabajo. El pasado siempre se conecta al presente.

Herminia, siempre lista a fustigar a su hermana empezó a hilvanar una historia acerca de cómo el amante regresaba a reconquistar a su amada envuelto en una gesta sobrehumana, como en una novela de Dumas. Él podría ser un mosquetero o un pirata o incluso Edmond Dantés, Conde de Monte Cristo, buscando a su amada Emilia.

—El galán regresó por tu corazón y se lo negaste. Qué cruel eres.

—No hay ni corazón ni relación. Eso pasó y terminó en su tiempo. Nada más. No leas entre líneas para mortificarme. No fabriques fantasías.

—Hay que fabricar algo y este asunto da para mucho. Podríamos escribir una novela.

—Por favor, respeta mi honor.

—Hermanita, es bueno buscar la risa y la fantasía. De lo contrario todo se vuelve un velorio.

—Bien, bien. Regresemos a nuestro propósito.

—Mira bien, con más análisis podemos ver que el comandante se parece mucho al obispo. ¿Serán gemelos?

—Es verdad. Se parecen mucho. ¿Por qué no buscamos las partidas de bautizo y los registros de nacimiento para cerciorarnos?

—Ah. Buena idea

—Hablaré con Angélica para enterarme de las fechas en que el obispo no esté en el pueblo.

26

Fue así que ambas fueron a la catedral y la alcaldía para empezar su investigación. No encontraron en el registro de bautizos otra cosa que la reseña del bautizo de un solo niño llamado Facundo María Fernández González hijo de Jesús y Marcelina Fernández. Ese era el eventual obispo. Faltaba la página siguiente. En el registro civil encontraron también el registro de un nacimiento de mellizos pero la página con el nombre del segundo había sido arrancada también del folio. ¿Dónde estaría? ¿Quién la tenía? Los padres ya habían fallecido y no se podían localizar otros parientes o testigos. Emilia recordó que en el Archivo General de la Nación y en el Archivo Nacional de la República se guardaban muchos datos de todo el país y sería posible encontrar los datos de registradurías locales. En la Registraduría Nacional se guardaban copias de todos los registros pero era necesario ir personalmente a la capital para hacer la pesquisa.

Así, con la ansiedad de encontrar algo vedado, las dos hermanas planearon e hicieron el viaje hasta la capital con gran sigilo. Una vez en las oficinas del Archivo Nacional y en la biblioteca de la Registraduría fueron informadas de que solo podían ver algunos documentos, pero que había otros en el Archivo General. También les dijeron que el archivista a cargo de la sección que cubría su territorio podría darles mejor información. Les advirtieron, eso sí, que el individuo era persona muy ocupada y se necesitaba hacer una cita con gran anticipación. Luego de dos días sentadas en la antesala del despacho del archivista general, con Herminia entonando rosarios, fueron admitidas a su presencia.

Se trataba de un hombre de pequeña estatura que llevaba anteojos de marcos redondos de carey y vestía chaleco negro, camisa blanca bastante almidonada, corbatín negro y evidencia de mucha gomina en el cabello y el bigote. Con voz lenta y dura indagó acerca de sus propósitos:

—¿Qué pretenden hacer con su pesquisa? Muchos vienen con excusas para eliminar fichas y debo asegurarme bien de las intenciones para que no me dañen la colección

Emilia respondió con gran seriedad

—La guerra destruyó las fichas de los abuelos en el registro de nuestro pueblo y necesitamos completar la historia familiar para hacer justicia con la herencia. Necesitamos un permiso de investigación para examinar los folios que pueda tener de hace cincuenta años para nuestro pueblo.

—Sí, todo se ha complicado con la guerra. Sin embargo, no puedo darle permiso a todo mundo. Nuestra colección es muy extensa y tenemos que protegerla a lo máximo. Muchos quieren borrar o robar la historia para sus propósitos.

Herminia bajó su hábito hasta la cintura para mostrarle al archivista las leves cicatrices del azote sobre su espalda, y luego, tomándolo de la mano, le hizo sentir su piel mientras exclamaba con voz entrecortada:

—Este es un recuerdo de la guerra.

—Ay, por favor no haga eso. Me comprometen.

—Tal vez si me desnudo completamente podría apreciar los estragos de la guerra sobre el resto de mi cuerpo.

—No. No es necesario.

El archivista sacó un boleto de su escritorio, lo firmó, lo selló y se lo dio a Emilia guiándola a la sección indicada y deseándole buena suerte mientras se sentaba en su silla como si hubiese visto un espanto.

Los salones de la Biblioteca del Archivo General estaban iluminados por tubos fluorescentes que le daban al entorno una apariencia azulosa un poco brillante y fantasmagórica con el temblar ocasional de la fluorescencia. La información estaba muy organizada, pero había que leer mucho por varias rutas y clasificaciones, como es de costumbre en bibliotecas. Era necesario organizar búsquedas, buscar ligamentos, conjurar y estimar. Las hermanas lograron orientarse y encontrar áreas de reseña apropiadas sin mucho esfuerzo. Hojeando publicaciones y archivos en las mesas y en las pantallas de microficha pudieron encontrar el mes y la fecha junto con el registro completo. Eran parte de un proyecto de memoria histórica que cubría eventos en la vida de comunidades raciales y campesinas azotadas por violencia, despojo y guerra. Sí, había dos niños registrados por Jesús y Marcelina Fernández, junto con una nota marginal que explicaba que el más joven había sido adoptado por la familia Tejada en otro pueblo cercano debido a la condición de pobreza de la familia Fernández.

Por recomendación del archivista lograron acceso al Archivo General de la Nación donde pudieron encontrar más documentos acerca de la comarca. Allí encontraron los reportes del Departamento de Agricultura que describían una extensa sequía en esos tiempos que pudo haber sido la causa de la pobreza. Buscando certificados de defunción y archivos de noticias se enteraron de que tanto Jesús como Marcelina fueron asesinados por guerrillas cuando una bomba explotó en el mercado, dejando al joven Facundo bajo el cuidado del abuelo, quien lo inscribió en el internado de la diócesis para formación pre-sacerdotal. Con la llegada de los salesianos ese internado se expandió a lo que luego se conoció como la escuela de artes y oficios El bebé Andrés fue bautizado por la otra familia en otro pueblo sin dejar nota de la parroquia, lo cual complicaba la pesquisa. Por desgracia, miembros de la familia Tejada fueron víctimas de un secuestro durante el cual perecieron por extenuación y deshidratación al ser forzados a caminar jornadas de muchos kilómetros por la selva y el campo evitando las fuerzas del Ejército Nacional. El joven Andrés fue entonces incorporado a las filas de la guerrilla apenas cumplidos los trece años. Una gran parte de las tropas de guerrilla eran menores de quince años, contrario a las normas internacionales para las fuerzas armadas. Por sus dotes con matemáticas y finanzas, además de una muy esmerada presentación personal, la guerrilla colocó a Andrés en un frente urbano para estudiar finanzas y manejo de negocios en la universidad local. Los estudios fueron suplementados por instrucción en cibernética y sistemas electrónicos en el país y el extranjero. Fue en esa época cuando conoció a Emilia antes de ser reintegrado al campo como comandante y agente de negocios. Debido a cambios en la facilidad de movilización por el campo y la selva, aumentados por mayor capacidad tecnológica para comunicaciones y transacciones, no era conveniente tener frentes urbanos para atender a los negocios de la guerrilla. A través de una cadena de teléfonos celulares conectados con satélites y antenas era posible mantener comunicaciones en el campo tan fácilmente como en la ciudad. Andrés era un experto en sistemas y usaba su conocimiento para entrelazar las actividades guerrilleras con los actos del Gobierno y las corrientes sociales. Toda esta historia fue posible deshilvanarla consultando con los archivos de prensa en uno de los periódicos locales de circulación nacional gracias a la relación profesional y memoria del archivista con uno de los editores. El archivista se había interesado mucho en Herminia a pesar de sus temores iniciales. El hábito y la manera de Herminia lo cautivaban como un encuentro entre lo divino y lo profano. Herminia no se mostraba muy reticente y tocaba coquetamente al hombre con caricias sobre la cabeza y los hombros, dejando entrever la piel porcelanizada de sus pechos bajo el cuello abierto de su hábito sin el escapulario que se había quitado a causa del calor. Emilia observaba esto con mucha mortificación pero dejaba a su hermana en libertad para hacerlo sin percatarse que Herminia y el archivista se habían escapado a otro cuarto de la biblioteca con el pretexto de examinar un archivo más antiguo del *Diario Oficial* con sus notas sobre eventos de la presidencia y el parlamento.

Para Emilia, leer las crónicas de eventos en el pasado le raptaba la mente y le traía una memoria de tiempos pasionales en medio de actos delictivos fuera de su conocimiento. Todo un pasado emergía más coherente de estos folios y fichas. Ahora ella empezaba a comprender cómo la llama de su deseo se extinguió cuando Andrés fue llamado a otro papel. Todo tiene su causa. Pero ¿por qué nunca le reveló su actividad en la guerrilla? Tal vez solo compartían momentos de intensidad física sin extensiones humanas. Andrés era hijo de la guerrilla y ella era huérfana de la guerrilla. Sus padres perecieron en un secuestro frustrado cuando trataron de rescatarlos y el abuelo las adoptó y educó sin mucho pensamiento o rencor por el pasado. Muy celosamente el abuelo aisló la comarca de las luchas fratricidas, concentrándose en su lugar en fomentar acciones de paz y prosperidad bajo una visión optimista y una posición inquebrantable de neutralidad. En medio de este aislamiento, ni Emilia ni Herminia se percataron del clima criminal en el país y menos aún en el continente. Ellas llevaban una vida normal bajo circunstancias muy especiales de protección. Descubrir relatos verdaderos en los archivos sobre masacres, asesinatos, asaltos, matanzas de inocentes y una colección casi infinita de acciones impunes de malhechores las compungía.

¡Dios mío! ¿Cómo es posible que todo esto haya pasado con tanta impunidad? ¿Dónde termina esto? ¿Quién puede ponerle punto final? Mi corazón se parte con horror, se decía Emilia a sí misma increpando las paredes y los folios mientras del otro recinto le llegaban los mugidos suaves y entrecortados de Herminia que no parecían ser parte de una investigación. Llegando al otro recinto, Emilia encontró a Herminia arreglando su hábito, colgándose de nuevo el escapulario mientras que el archivista, arrodillado sobre el piso, le pasaba varios de los artículos que ella cargaba usualmente en los bolsillos.

—¿Qué te ha pasado?

—Oh, nada especial. Se me cayeron cosas mientras me arreglaba el hábito y me colgaba el escapulario.

—Creo que ya es hora de salir.

El archivista sonreía como el gato que atrapó un ratón, levantándose y tomando a Herminia del codo la dirigió hacia el vestíbulo mientras Emilia trataba de coger la mirada de Herminia buscando una respuesta más verdadera o satisfactoria. Herminia sacó una página de su tarjetero y se la pasó al archivista.

"Aquí está nuestra dirección. Venga cuando pueda. Nuestro pueblo no tiene nombre pero es fácil de encontrar. Será un placer tenerlo como nuestro huésped. Muchas gracias por sus atenciones. Esta visita ha sido una gran revelación".

—Sí. Lo mismo para mí.

El archivista les abrió la puerta con mucha solicitud y se quedó en el andén viéndolas caminar hacia un punto de fuga al final de la calle. Herminia se detuvo por un momento, volteó la cara y le ofreció un gesto de despedida con una sonrisa. Emilia no se podía contener. Algo había pasado.

—Dime hermanita, ¿que pasó? ¿que hiciste? ¿que trama estás haciendo?

—Hmmm. Nada. Solamente hice una nueva amistad.

Emilia se guardó sus sospechas sabiendo que encontraría otra oportunidad de hablar con calma una vez regresaran al pueblo.

27

En el viaje de regreso, Emilia se sentó al lado de la ventanilla para ver el paisaje mientras Herminia dormía a su lado. Era un periplo de cuatro horas a través de las montañas en un día claro. Se podían ver los campos y las aldeas sobre las faldas de las lomas así como unos riachuelos cayendo en cascadas y ondulando hacia el gran río. Los gavilanes volaban en círculos y algunos granjeros peinaban sus lotes con arados tirados por bueyes o caballos percherones. Eran lotes pequeños sin capacidad para un tractor y otros implementos mecánicos. Ella realizó ese viaje muchas veces, pero nunca con los ojos informados de masacres y asaltos. Ahora el campo se teñía de rojo. El carácter bucólico del paisaje parecía un cuento de hadas comparado con la crueldad de la realidad descubierta en la Registraduría. Desde la cima de la montaña solo se veía verdor y paz con la tierra como una colcha de retazos extendida hasta el borde del lago y el gran río. Era la tierra que se mostraba en esa pintura del abuelo en la biblioteca de la casa de Herminia. Parece que la tierra había decidido absorber la sangre y los muertos en busca de tranquilidad y civilización. Se cubría todo de verde tratando de proteger un pudor perdido a la fuerza. Era ese asunto de la sucesión ecológica natural, que es otra manera de describir la desaparición de cicatrices en el medio ambiente, aunque se debe pensar que la naturaleza, como los hombres, tiene memoria y en ella descansan los agravios como en el Archivo de la Registraduría. El tiempo puede esfumarlo todo pero en los relojes sin cuerda perduran tanto la memoria de las víctimas como la de los victimarios, a pesar de arreglos y exoneraciones legalistas y doctrinarias. Ciertamente hay protocolos de perdón y reconciliación pero eso no exonera el crimen o sus consecuencias. El crimen de Caín no fue absuelto o sepultado en la maraña. Su sangre clamaba desde la tierra, sus consecuencias fueron graves y han durado por siglos. Hay, a pesar de toda la maraña de argumentos humanos, una justicia universal sin apuntes, excusas o notas al margen. De manera absoluta se es culpable o inocente. No hay punto medio. Así era con el paisaje. Existe o no existe. Se corrompe o se purifica. Simplemente y sin encajes. Desde una curva en lo alto de la carretera se podía ver el pueblo con su borde de robles, la alfombra de terrenos y el lago absorbiendo el cielo. Esa era la esencia que Emilia había degustado toda su vida. Se veía todo más sencillo desde la altura, tal vez purificado por el lente del aire y la memoria de bondad y bienestar. Este era el hogar. El punto central de su perspectiva.

28

Una vez en casa, ambas hermanas conversaron con el Negro Manuel para reducir su ansiedad. Existía la tensión de saber y conocer el peso de lo descubierto. Conocer implica poder, pero era necesario tener cautela y esbozar un plan racional en lugar de tomar acciones emocionales sin usufructo provechoso.

Luego de una larga discusión, Emilia decidió conversar con Angélica, la esposa de Aquivaldo, para hacer una búsqueda en la oficina del obispo cuando él estuviera ausente. Su propósito era simplemente coordinar las fechas de las incursiones a la alacena con fechas en el calendario del obispo para determinar si había un enlace obvio dado que esos actos implicaban una ausencia que podría cubrir acciones realizadas por otros. Por su parte, Herminia investigaría en el convento, buscando conectar a las desaparecidas con una memoria de lo pasado, usando mezclas de hierbas para refrescar la memoria. El Negro Manuel se mantendría alerta para descubrir incursiones a la alacena y estaría listo para seguir rastros a caballo. Todo parecía ensamblarse como un buen plan dada la información recolectada. Los cogollos principiaban a engordarse en los árboles. La primavera empezaba a deslizarse sin afán. Los almendros y cerezos no se podían contener y ya mostraban sus primeras flores a las abejas hambrientas de néctar. En el bosque, grupos de campanillas azules danzaban por todas partes tratando de despertar a los helechos y a los musgos. El Negro Manuel preparaba el rebaño para esquilarlo mientras Emilia con el grupo de tejedoras alistaban los cardadores para lo que parecía ser una enorme cosecha de lana. Los carneros, en especial, parecían ser enormes bolas de nieve con patas y podrían dar entre sesenta y ochenta kilos de lana comparado con las ovejas, que daban entre cincuenta y sesenta kilos. La labor que usualmente tomaba dos días se podría remontar a cuatro o cinco pues el Negro Manuel era el único esquilador para este rebaño de veinticinco ovejas. Otros esquiladores en la región ya usaban cortadoras eléctricas pero el Negro Manuel insistía en hacer el corte con tijeras manuales a pesar de que necesitaban ser afiladas a menudo. Herminia quería ser una esquiladora pero temía hacer malos cortes y arruinar el vellón. Con el rito de la esquilada venía el nacimiento de los corderos y el consecuente aumento en el rebaño. Había que atender al aumento de espacio junto con el sacrificio de un grupo. En todo, eran días de mucho trabajo en la granja. Hasta Copo se unió a los afanes presentando tres gaticos que produjo con una gata vecina para la gran sorpresa de Emilia. No eran tan grandes como él pero tenían muchas de sus características y fueron solicitados por varios en la comarca. Al fin, Emilia hizo una rifa para ayudar al refugio de animales. Cada gatico venía con una subscripción a medio kilo de requesón y la esperanza de crecer tanto como Copo.

En medio de la actividad se pudo conocer por las crónicas en la prensa que los guerrilleros capturados en el golpe de Epifanía habían sido puestos en libertad dado que antes de la captura se había iniciado un "Diálogo por la Paz" que neutralizaba toda acción bélica y jurídica. El comandante Julio Tejada fue elevado al Estado Mayor del Ejército Democrático de Liberación Nacional y asignado al grupo que negociaba el "Tratado de Paz" para el desarme de las guerrillas y reincorporación al estado civil. Bajo ese pretexto regresó al pueblo para enfatizar y continuar el programa colectivista que se inició durante la invasión con el inventario de propiedades y negocios. Con la rúbrica de "Reforma Agraria" se había insertado en el "Diálogo de Paz" una estructura para colectivizar el campo agrícola e industrial bajo la dirección de un comité encabezado por el comandante. Muy pocos entendían que esto y la persecución de paz a todo costo anulaba cualquier esfuerzo a discusión lógica y estructurada. La paz se veía como la última solución a un mal que ya estaba durando doscientos años. Era como si Moisés hubiese descendido del monte con las fórmulas divinas para la paz. Se promovía el "Diálogo por la Paz" como la mejor avenida para una solución al conflicto guerrillero aunque otras entidades bélicas continuaban sus actividades fuera del "Proceso de Paz". Cada cual necesitaba proteger sus fueros a cualquier costo. Lo que una vez fue un encuentro con un monstruo unicéfalo se tornó en un combate con una Hidra de Lerna con múltiples cabezas pero sin un Hércules en el horizonte para descabezarla. Emilia y el pueblo entero observaban esto con horror entendiendo muy bien las posibles consecuencias. Buscando reafirmar su deseo de independencia, reorganizaron la milicia ciudadana con mayor sigilo a la espera de una oportunidad propicia para mantener su independencia.

29

Preocupadas por el regreso del comandante Julio Tejada, las dos hermanas recibieron por parte de Cristóbal noticias de que los caballos del obispo fueron usados constantemente durante la semana. Estaban muy sudados. Le tocó a él limpiar las sillas, la brida y las mantas además de bañar las bestias por tres días consecutivos. El Negro Manuel ya había notado esfuerzos para romper la cerradura en el molino indicados por rasguños en la puerta que no eran el trabajo de osos o mapaches. Eran tal vez producto de palancas o cuchillos. Así, Emilia decidió quitar el candado y apostar al Negro Manuel en un caballo escondido detrás de un matorral en caso de otra incursión. Por coincidencia, el obispo estaba en una conferencia fuera del pueblo y Emilia pudo husmear a su contento por toda la oficina episcopal, en donde encontró los diarios y las hojas arrancadas del registro civil y del de bautizos. De esta manera le fue posible producir una carta con los datos de las ausencias del obispo correlacionadas con los incidentes de incursiones a la alacena. Pudo ver que coincidían totalmente. Sabiendo aquello se le hizo más fácil apostar al Negro Manuel cuando sabía que se presentaba una probabilidad más alta de incursión y por tanto una persecución más efectiva de los incursionistas.

Por su parte, Herminia regresó al convento con el pretexto de traer un fardo de ropa interior a la madre superiora. Trotando en su potro entre los robles cerca de la puerta de entrada sintió galopes aproximándose a ella por atrás y se escondió detrás de un árbol para ver quién era. Pudo ver a un jinete con capucha llevando en su silla a una joven semi-consciente. El jinete paró y dio un silbido cerca de la ventana de la celda de la madre superiora, quien abrió la ventana para recibir a la joven junto con el jinete que amarró el caballo de una manija en la ventana. Muy cuidadosamente, Herminia se acercó a la ventana en su potro y sin mucho esfuerzo pudo ver a la figura desnuda del jinete consumando un enlace con la joven semi-consciente animado por la madre superiora, quien también estaba desnuda. El hábito café oscuro cubría a Herminia, quien desconcertada por lo visto afinó los ojos para descubrir que el jinete era nada menos que el comandante Julio Tejada. ¿Qué hacer? Manteniendo la calma se movió hacia la portería en el otro lado del convento y dejó el fardo con la portera prometiendo regresar en unos días.

Regresó apresuradamente a casa para enterarse de que Emilia y el Negro Manuel estaban investigando una incursión a la alacena. Combinando historias pudieron formar una teoría básica de los secuestros, ampliada por la ausencia de incursiones durante el tiempo que el comandante estaba apresado. No existía todavía una historia completa pero poco a poco se estaba llegando a la verdad de todo.

A los pocos días, Herminia regresó al convento llevando una poción de hierbas que Emilia preparó para clarificar la mente y eliminar el efecto del elixir y las hierbas agregadas a la sopa. No sería una misión breve pues necesitaba ganar la confianza de las cocineras y de las novicias sin causar alarmas. La madre superiora le agradeció muy efusivamente el regalo de ropa interior invitándola a ir a su celda para ver cómo le quedaban de bien. Más que apreciar un desfile de modas la visita le ofreció a Herminia la oportunidad de examinar la celda, la cual tenía un despacho al lado con escritorio y biblioteca y una sala de baño con una bañera de gran capacidad. En vez de catre tenía una cama matrimonial con colchón de espuma y cabecera de bronce adornada por cintas largas de colores. La ventana era más grande de lo normal, elevándose apenas un metro del piso y expandiéndose por dos metros de ancho y dos de alto. Comparada con las otras celdas, esta llegaba a un extremo muy notable de lujo que además incluía una puerta pesada.

Herminia caminó lentamente por toda la celda tratando de aprender el tamaño y el entorno mientras la madre superiora se preparaba para presentar lo que sería un desfile íntimo de modas.

—Llámame Magdalena, es más cómodo así porque te considero más que una amiga o una monja.

Eres como una hermana real y me place mucho tu cariño, tu bondad, tu generosidad. Hermanita, me deleita tener esta ropa que subraya mi cuerpo y proporciona apoyo. Es difícil negar mi feminidad cuando se considera que todo lo que soy es un regalo de Dios. Lo físico no es inferior a lo mental o lo espiritual. Todo es uno como la Trinidad.

Era una mujer esbelta de cuerpo bien formado, grandes senos con firmeza de gelatina y caderas estrechas. Totalmente afeitada. Piel muy blanca y pelo rubio oscuro como trigo. Era evidente que practicaba alguna clase de ejercicio por la firmeza de su piel y musculatura.

Diciendo esto empezó a desvestirse y ponerse los interiores que Herminia le trajo.

—Mira lo bien que me quedan. Me complementan totalmente. Perdona que te pedí tanto. Pensaba compartirlo con las otras pero ellas están muy comprometidas con la soledad y el sufrimiento a su manera y estilo. No quieren hacer el peregrinaje del siglo XVIII al presente.

Herminia continuaba husmeando sin prestar mucha atención mientras Magdalena conversaba sin tomar pausa.

—La túnica, el hábito y el escapulario tienden a negar todo el cuerpo creado por Dios para su gloria. Yo no creo que esa sea la voluntad divina a pesar de lo que hayan dicho Teresa de Lisieux y otros. Yo quiero ser carmelita de este siglo. Mujer entera por debajo y por encima del hábito. Debes entender, hermanita, que existe el progreso y no debemos detenerlo. Hay algo eterno en lo que el hermano Laurencio escribe en "La Práctica de la Presencia de Dios" pero es necesario encontrar el punto de vida en el ciclo del tiempo en nuestra misma humanidad y en nuestro tiempo.

Herminia escuchaba con sorpresa aunque distraída por su faena de medir la celda. Ya poco la sorprendía pero esta charla tan voluntaria era un poco difícil de asimilar.

—Hermanita, como mujer yo tengo funciones personales y deseos que no se pueden controlar. Traté de negarlo por muchos años pero llegó el punto en que ya no podía hacerlo. Encontré un amante perfecto que me santificaba con el don generoso de su cuerpo y una pasión intensa, casi divina. Es un hombre poderoso que me energiza y eleva. Es por encima de todo un hombre de Dios consagrado a su misión. Es para mí un privilegio servirle con la ofrenda humilde de mi feminidad.

Ahora Herminia empezó a prestar más atención

—Para evitarme el embarazo él trae una consorte apropiada cuando mi ciclo no permite nuestra unión. Claro que algunas de estas jóvenes terminan embarazadas pero aquí las albergo y cuido como novicias consignando a sus hijos al cuidado de la escuela de artes y oficios. Con su conocimiento de hierbas nos ha sido posible reducir el impacto del rapto y promover un sentido de obediencia y bienestar. Cuando llegan las afeito para presentarlas sin mancha antes de ser penetradas. Cogidos de la mano mi amante y yo compartimos ese momento de pasión que fluye de nuestros seres. Es algo divino y poderoso. Me hace sentir toda mi feminidad aumentada por el placer.

El tono rapsódico y casual de Magdalena contrariaba bastante a Herminia, que ahora buscaba la oportunidad de salir sin escuchar más. Por fin todo empezaba a esclarecerse. ¿Qué hacer ahora? ¿Regresar a casa o completar la misión?

Excusándose para ir a su celda y hacer sus oraciones, Herminia salió de la celda rápidamente. Magdalena respondió con el entusiasmo de una colegiala:

—No te olvides de regresar. Tenemos mucho que hablar. Eres una buena amiga, hermanita. Tal vez podamos compartir más ratos.

30

Dado el tipo y dimensión de su conocimiento, Herminia regresó a casa esa noche para hablar con Emilia pero no la encontró. Emilia estaba encerrada en su biblioteca haciendo traducciones de varios pasajes en libros de botánica y no era prudente ir buscarla. Decidió entonces regresar al monasterio y continuar su misión luego de confiarle sus secretos y sospechas al Negro Manuel. Era temprano en la noche bajo una luna nueva. Fue pasada la medianoche cuando Herminia se acomodó en su celda pretendiendo haber estado allí todo el tiempo. La portera estaba dormida y entrar con cuidado era fácil sin los timbres usuales anunciando huéspedes.

Las novicias se alegraron al ver a Herminia en la capilla y luego en el comedor y los patios. Conversaban mucho con ella a cada momento posible. Las cocineras observaban esto con recelo pero sabiendo que ella era una buena cocinera trataban de mantener la calma. Dos noches después de su llegada, una de las cocineras se desmayó por un rato y entonces acudieron a Herminia para que la observara. Por el color de la cara, sombras en los ojos, pulso y otras marcas, Herminia pudo ver que era un problema cardíaco. Hizo una mezcla de canela, ajo, jengibre, cebolla, cúrcuma, pimiento y romero para producir una tisana endulzada con miel que le hizo beber a la monja dos veces al día. Al cabo de dos días la monja se sentía mucho mejor y había recuperado el color y la vitalidad. Herminia explicó que la tisana contenía anti-inflamativos, antioxidantes, diluyentes de sangre y reducidores de presión para normalizar las funciones del corazón y las arterias. El asunto de la cantidad de cada ingrediente era su secreto. Sugirió seguir tomando la tisana al menos una vez al día y reducir el ejercicio físico fuerte como mover pailas pesadas, bultos de papa y cargas de leña. Debía también tomar descansos periódicos que se podían utilizar para leer breviarios en alta voz y hacer oración. Para las monjas esto era como un milagro y se acercaron más a Herminia con afecto y deferencia. Fue así que Herminia pudo muy sigilosamente cambiar las hierbas para la sopa en el gran frasco donde se guardaban bajo la pretensión de refrescarlas. Al cabo de varias semanas fue posible notar cambios en las novicias que Herminia empezó a guiar para no despertar sospechas. Eventualmente las instruyó en cómo salir del convento y caminar hasta el pueblo por el sendero que salía de la portería directamente hacia el oriente. Así llegarían a la plaza frente a la catedral donde ella, Emilia, Angélica o el Negro Manuel las esperarían. Deberían estar preparadas para salir y reunirse con sus familias y sus hijos. Sin mucho esfuerzo podrían hacer la caminata de veinte kilómetros en seis u ocho horas sin cansarse demasiado. Sería bueno llevar rebanadas de pan para el hambre y botellas de agua para evitar deshidratarse.

Basada en los datos que Herminia pudo obtener de sus observaciones, Emilia pudo agregar a su carta los días fecundos de Magdalena, así como los de su ciclo para refinar las probabilidades de actos de secuestro. No era una ciencia exacta pero las aproximaciones eran instructivas y eliminaban un cuidado constante. Ese dicho de *"Guerra anunciada no mata soldado"* era elemento latente en este esfuerzo. Para el Negro Manuel esto era como un preparativo para una gran cacería y creía estar bien preparado con su rifle, un caballo y sus mastines. Para los familiares de las secuestradas esto era bastante confuso pero lleno de esperanza. Su fe estaba puesta en Emilia y Herminia tanto como en San Isidro Labrador y San Miguel Arcángel. Para ellos era más asunto de fe que de proceso. ¿Cómo se llena el vacío de varios años y meses?

Varios días después, una mañana mientras Emilia agregaba el cuajo a la leche cálida para empezar el proceso de hacer queso, fue asaltada por detrás, adormecida con cloroformo y desnudada antes de subirla al frente de la silla en el caballo y galopar hacia el convento. El Negro Manuel estaba regresando de llevar la leche para Herminia cuando vio al jinete empezar el galope. Bastante atolondrado no sabía qué hacer hasta que pudo controlarse y ensillar uno de los potros en el establo para emprender un galope a través del bosque persiguiendo al secuestrador. No era un asunto fácil pues en la semi-oscuridad de la tupida arboleda estaba el peligro de ramas bajas y raíces que podían tumbarlo de la silla o darle una zancadilla al caballo. Sus galgos lo seguían con dicha pensando tal vez en una cacería. Cuando llegó por fin al convento le tomó un rato encontrar el objeto de su persecución. Finalmente vio un caballo atado a la manija de una ventana abierta y pudo ver a Emilia todavía inconsciente, atada con cintas de pies y manos en una cama. Magdalena estaba también desnuda, afeitando el pubis de Emilia junto con el secuestrador que él muy pronto reconoció y llamó por su nombre causando gran sorpresa aumentada por la incursión de Herminia quien escuchó el galopar desde su celda y dedujo que no podía ser otra cosa que un episodio ya familiar y confesado por Magdalena. En el momento de la sorpresa el comandante saltó fuera de la ventana montando su caballo y escapando a todo galope hacia el bosque de robles. Tratando de ver dónde estaba el Negro Manuel en su persecución, el comandante se descuidó, una rama le pegó en cabeza y cayó inconsciente sobre los helechos. El Negro Manuel lo alcanzó, se bajó de su montura y le tomó el pulso en la nuca. La nuca estaba quebrada y el comandante sin vida. Así llegó Magdalena al sitio de la caída toda convulsa, medio desnuda, llorando y gritando a todo pulmón:

—Dios mío, ¿qué han hecho? Han matado al obispo. Han matado al obispo.

Sorprendido, el Negro Manuel trataba de explicar regresando a la ventana:

—Ese no es el obispo. Es el comandante Julio Tejada, su hermano mellizo. Ese no es el obispo.

Herminia estaba tratando de despertar a Emilia mientras la vestía con una bata de baño que encontró en la celda. Varias monjas se asomaron curiosas a la puerta y regresaron muy pronto a sus celdas. Era la hora de la oración matinal que nada o nadie podía interrumpir. Ser ermitañas implicaba abandonar toda realidad, especialmente la desagradable.

Herminia instruyó al Negro Manuel para ir al pueblo y traer al sargento de la policía junto con el obispo que debería haber regresado de una conferencia. Sin perder la cabeza, organizó a las secuestradas para emprender la marcha hacia el pueblo. La hermana portera no comprendía nada excepto que un gran grupo de novicias salía del convento y un evento desagradable había pasado en la celda de la madre superiora.

El obispo llegó esperando tener que resolver un entuerto más en el convento mientras el sargento de la policía regañaba a Herminia por no compartir información.

—Pero no tenía las pruebas contundentes que usted esperaba. Había que hacerlo a mi manera, dadas las circunstancias.

Recuperada del cloroformo, Emilia se hizo cargo de narrar los acontecimientos desde la primera vez que su alacena fue invadida. Herminia relató sus investigaciones y la trama entre Magdalena y el comandante que resultó en diez hijos y once secuestradas. El obispo se arrodilló por un rato sobre el cadáver del comandante con una mezcla de regocijo por haber encontrado a su hermano gemelo luego de una búsqueda de muchos años y un profundo pesar porque murió sin que ellos hubieran podido tener una conversación. Las monjas le pidieron ser reubicadas a otros conventos más aislados y tranquilos donde su misión intercesora de oración pudiese seguir sin interrupciones. El obispo las envió a España, donde varios conventos las podrían recibir. Magdalena fue apresada como cómplice en los asaltos y secuestros, pero por intercesión del obispo fue enviada a un convento en Extremadura, casi en la frontera con Portugal, con voto de silencio perpetuo. Ella no dejaba de gemir y suplicar por un perdón divino, colgándose de Emilia, quien se mantenía imperturbable pensando en lo que podría haber sido. Solamente el comandante mantenía silencio en su ataúd de pino y seda.

El edificio del convento eventualmente fue transformado en un refugio para desposeídos una vez se calmó el revuelo de los hechos. El comandante fue enterrado en el cementerio del pueblo diseñado por el abuelo. Ningún guerrillero se hizo presente y su muerte no figuró en las noticias. Parecía que todo había pasado en una burbuja flotando en el aire y desapareciendo muy pronto en la atmósfera. Un elemento del "Proceso de Paz" había llegado a un final inesperado sin mucha dialéctica. Seguramente engendraría otros diálogos y posiciones fuera de esta comarca. Tanto la paz como la guerra son un buen negocio y hay muchos negociantes traficando en ellas sin importar lugar o consecuencias.

Parte Siete

31

El Negro Manuel pudo por fin saber que Magdalena le propinó ese golpe en la nuca y Emilia descubrió que su fórmula para el Solano no era perfecta, aunque las copias hechas por el comandante y Herminia tenían suficiente efecto. Así fue como decidió estudiar más a fondo el producto de la medicina china derivada del mafeisan producido por el médico chino Hua Tuo de la dinastía Han en los años 200 luego de Cristo que el cirujano japonés Hanaoka Sheishu refinó en el siglo XVIII durante el período Edo que se llamó el tsusensan o mafutsu-san basado en extractos de *Angelica, Aconito, Pinellia, Ligusticum* y otras hierbas. Se usaba mucho en operaciones intrusivas para mantener a los pacientes bien sosegados. Esta línea de pesquisa era para ella una nueva empresa refrescada por el jugo de la primera cosecha de curubas que el Negro Manuel había plantado en el parterre alrededor del muro. Juan Antonio eventualmente se graduó y fue acogido por Emilia como un asistente en su laboratorio. Con sus varios negocios, Emilia necesitaba ayuda y Juan Antonio era el tipo mejor indicado para hacerlo dada la energía de su juventud y reciente nivel de conocimientos.

Herminia reflexionaba acerca de todo lo sucedido sentada en una poltrona de la biblioteca bajo la mirada del abuelo. Había inscrito un verso de Tomás Merton en el borde inferior de la pintura con letra itálica en pintura roja a manera de tributo:

"Guárdame en tu bolsillo si tienes uno
guárdame en tu corazón si no tienes bolsillo".

El Negro Manuel regresaba del pueblo con varias cartas y paquetes enviados nada más que a cargo de la oficina de correos rurales. El pueblo no tenía nombre o dirección postal. Pensándolo bien, Herminia y el Negro Manuel decidieron que ya era hora de que el pueblo y la comarca tuviesen un nombre propio para figurar bien en los mapas y los directorios. Nada tenía nombre y todo se desvanecía en señales y direcciones a pesar de que todos sabían donde todos vivían. Para honrar al abuelo propusieron llamar al pueblo San Mateo y a la comarca como el Valle de Don Simón. Con la venia del obispo, el alcalde y el consejo municipal quedó así y en los mapas. Todo fue tan simple que se pensó en por qué no se hizo antes. De todas maneras, ya había nombre para todo. Así se lo comunicaron a las oficinas pertinentes como noticias de bautizo.

32

Un día de mercado una mujer alta y negra descendió de esa "guagua" (bus interurbano abierto en ambos lados) que llevaba y traía gente por la región con una canasta enorme de uvas empacadas en cucuruchos de papel blanco. Bajando por un lado, enrolló su bufanda, la puso sobre su cabeza y colocó allí la canasta bien balanceada para caminar muy erecta hacia la plaza llamando mucho la atención de la multitud. Buscando un lugar para sentarse, encontró un espacio pequeño pero suficiente detrás del estante de Emilia y Herminia. Bajando la canasta de su cabeza se introdujo como la Negra María y organizó sus cucuruchos sobre su bufanda abierta sobre el piso. Herminia entabló conversación tratando de saber algo sobre su proveniencia.

—¿De dónde vienes?

—Vengo de arriba en la loma cerca de las cataratas. Me llamo simplemente La Negra María por razones obvias.

—¿Cómo es que no te había visto antes?

—Estaba fuera de la comarca estudiando en la Facultad de Agricultura. Me especialicé en viticultura y estas son las primeras uvas de mi viñedo.

—Puedo decir que son deliciosas.

—Tal vez pueda hacer unas conservas con ellas.

—Mi hermana Emilia está en la iglesia. Me llamo Herminia, vivo arriba en la loma.

—Yo tengo cuatro hectáreas que heredé de mis padres. Fue un regalo de alguien llamado el abuelo. Hoy me di cuenta de que es el nombre del pueblo

—Ese era mi abuelo. Mateo Pablo Isidoro Rodríguez Fernández.

—Ah. Gracias a Dios por su regalo. Mis padres fueron muy felices allí y yo espero serlo también.

—¿Por qué no vienes a mi casa luego del mercado? Me gustaría platicar contigo.

En ese instante llegó Emilia, se introdujo a la Negra María, saboreó las uvas y se unió a la invitación para ir a la casa de Herminia. Unos momentos después llegó el Negro Manuel para recoger las canastas y quedó prendado de la Negra María sin poder decir mucho aunque raramente se le soltaba la lengua:

—Soy el Negro Manuel, mucho gusto conocerla. Ellas son mis hermanas putativas.

—El gusto es mío.

—Sus uvas se han vendido muy bien. Se ven dulces y grandes como esa variedad "Globo" que es tan popular. Yo tengo varias viñas pero no han alcanzado el punto de producción esperado. Tal vez en un año.

—Toma tiempo y paciencia. Me gustaría ver su viñedo y ofrecerle algunos consejos.

—Sería un gran placer. Vamos.

—El burro es impaciente una vez cargo la carreta. Ya no piensa en nada más que en subir rápidamente por el sendero de la loma, llegar a la casa y comer alfalfa fresca en el establo.

—Tiene sus hábitos muy bien establecidos.

Emilia y Herminia se miraban sonriendo mientras pretendían cerrar el estante. Nunca habían visto al Negro Manuel tan prendado de una mujer. Era como si le hubiese pegado un golpe de centella. Algo más fuerte que ese golpe en la nuca unos años antes en la alacena.

La Negra María era de talla alta bien proporcionada sin ser excesivamente delgada. Tenía ojos verdes de mirada tierna pero inquisitiva. El vestido azul oscuro, largo y fluyente, con estampados de flores en colores primarios que descendía hasta los tobillos, acentuaba una figura elegante con caderas estrechas, pechos grandes y firmes, y piernas largas. Por todas apariencias no usaba ropa interior y caminaba con un paso suave y rítmico en sandalias de cuero amarradas en los tobillos. Llevaba el pelo recogido en un gran moño detrás de la cabeza, amarrado con cintas anchas de colores que caían sobre sus hombros. La bufanda de seda gris y púrpura se arropaba alrededor de la cabeza y colgaba de sus hombros luego de dar una vuelta por el cuello. La usaba enrollada como una base para balancear la canasta. Como maquillaje tenía los labios pintados de azul oscuro delineados con lápiz negro que se proyectaban fuertemente sobre el tono sepia oscuro de su tez además de la sombra azul gris levemente esfumada en los párpados marginados por sus pestañas negras bien cepilladas enmarcando sus ojos. El efecto era impresionante, como de un busto egipcio, muy parecido a esa cabeza de Nefertiti, la esposa del faraón Akenaten que figuraba en libros de arte. Su voz era firme y tierna al mismo tiempo, creando una semblanza de intimidad y autoridad. Para el Negro Manuel esta era la imagen de una diosa bajada del infinito y Herminia, sonriendo por el sendero, empezaba a hilvanar cuentos de caballeros y doncellas como en los relatos de hadas y gestas medievales de valor. No era el replante de Camelot en San Mateo pero podría ser con un poco de licencia, imaginando a la Negra María como Genoveva y al Negro Manuel como el rey Arturo o Lancelot. Tal vez esta era la compañera ideal enviada en respuesta a muchas oraciones e imaginaciones. Ciertamente, la fantasía puede adelantarse a la realidad y confundirla. No había pasado nada más que un par de miradas y algún balbuceo inepto. El tiempo les daría identidad. Sobre todo, habría que darles espacio, mucho espacio, para no ahuyentar o abrumar al uno o al otro. Pero se debía hacer algo para promover lo más propicio posible. Toda sopa necesita una ayuda de condimentos o al menos una buena cuchara. Por su parte, Emilia se contentaba con dejar las cosas seguir su curso y producir los resultados programados desde toda la eternidad. Para ella todo se formaba como piezas de un enorme rompecabezas en busca de una solución final que no era ni obvia ni forzada. Cada pieza tenía su forma y lugar en su tiempo que se acoplaba con otras formas para producir resultados positivos. Lo mejor era dar paso a la dinámica del universo evitando la tentación de intervenir, como en el caso de Pandora y la caja con las Furias.

33

Llegando a la casa, Herminia quería darle una gira a la Negra María con el pretexto de saber más acerca de ella pero el Negro Manuel se la llevó para el establo a soltar al burro y ver su viñedo en el parterre. Los surcos, los árboles frutales, la alacena y todo el entorno fascinaron a la joven mujer para deleite del Negro Manuel que tomaba crédito por muchas de las labores. Viendo la alberca con sus peces despertó en ambos el deseo de nadar y se prometieron hacerlo luego en un tiempo más propicio. Los galgos expresaron su deleite dejándose acariciar en el cuello y la boca por una mujer diferente a las dos hermanas. Parece que les gustaba el perfume de su cuerpo, el cual era una mezcla suave de mantequilla de coco y limero. Una vez en el parterre, ella pudo observar la pericia del Negro Manuel en la poda y contorsión de las viñas sobre los alambres. Había racimitos pequeños que crecerían para dar un mejor testimonio sobre la calidad de las uvas. Las lianas de kiwi y curuba estaban apoderándose de su espacio designado en el emparrado con muestras de flores y fruta en proceso de maduración. Los picaflores estaban muy concentrados bebiendo el néctar de las flores de curuba como para prestar atención a los visitantes. Desde el parterre pudo ver los espatofilos que empezaban a florecer en el muro y las tillandsias con sus flores como brochas cargadas de rojo, lila y naranja. Se sentaron por un rato en la grama a contemplar los campos y las ovejas, con ella escuchando al Negro Manuel con gran interés, casi como en un rapto. Todo el sentimiento del campo emanaba de sus labios con esa pasión que existe entre el amor y la experiencia. Para colmar la impaciencia de Herminia y aún la de Emilia, no regresaron a la casa hasta tarde, cerca del crepúsculo que desde la loma se podía ver arropando el horizonte de rosa y naranja.

Sentados en la biblioteca de la casa de Herminia la Negra María pudo escuchar el relato del Valle de Don Simón y la formación de San Mateo de boca de los tres, corroborados por la pintura del abuelo. Sabiendo que el Negro Manuel también tenía una casa contigua, la Negra María expresó un deseo por visitarla muy para la satisfacción de todos por diferentes motivos. Emilia se ofreció para hacer unas empanadas y Herminia un champús mientras el Negro y la Negra visitaban la otra casa que era en realidad una residencia con dos alcobas, un gran baño con alberca, varias salas con muchos estantes llenos de libros y revistas. Había una cocina de medianas dimensiones y una alacena repleta de un surtido de empacados. Todo funcionaba alrededor de un patio interior con dos higueras y varias materas repletas de plantas. Los galgos dormían y se acostaban donde les placía y se encontraban huesos roñosos y vasijas con agua y alimento en los lugares menos esperados. El

Negro Manuel rehusaba meterlos en una perrera a pesar de la insistencia de Emilia con su énfasis en un orden estricto. Había una puerta trasera que se comunicaba con los patios de Emilia y Herminia de donde el Negro Manuel había emprendido esa cabalgata hacia el cuartel del ejército. Una pared contenía fotografías de su padre, Manolo, con el abuelo y otros personajes, junto con una copia enmarcada del título de propiedad compartida con las dos hermanas, y diplomas de secundaria y universidad. Todo el entorno hablaba de un hombre educado, complacido y bien instalado. Era esencialmente una residencia para un soltero que podría usar bien de una mano femenina o una sesión intensa de escoba y trapeador.

De regreso a la casa de Emilia se desarrolló una velada muy animada con mucha risa y conversación, salpicada por el consumo de ron del barril del abuelo mezclado con jugo de limón y azúcar. Por ser casi la medianoche le ofrecieron a la Negra María dormir en una de las alcobas y ella muy inebriada pero encantada decidió tomar una en la casa del Negro Manuel. Herminia trataba de contener su sorpresa arguyendo sobre la relativa comodidad de sus alcobas pero la Negra María estaba decidida.

—Ya soy mayor. No soy una doncella virgen que necesite protección. Tal vez no pase nada más que un roncar conjunto. Necesito estar con alguien que he empezado a admirar. Quiero despertar y bañarme en esa alberca de su baño. Nunca he visto algo así.

El Negro Manuel solo podía sonreír alelado bajo la niebla del ron. Con el repique de medianoche en el Big Ben de Emilia salieron cada uno para su lado. La Vía Láctea daba círculos sobre los patios ebria de éter y pasión.

En la alcoba, la Negra María cayó desnuda como una hoja en la gran cama mientras el Negro Manuel se arropaba en una sábana al borde tratando de no tocarla. No era ni miedo ni respeto. Era más una reacción de protección. Todo había pasado muy rápido sin que él fuese el cazador. Esta mujer ingresó en su vida casi de forma diagonal sin anunciarse o darle advertencia. Por un rato pensó que era una trama de Herminia pero durante la tarde pudo verla más directamente y sentía una creciente atracción por ella que le quedaba un poco fuera de su control. De manera curiosa y sin saber cómo, la mañana los sorprendió abrazados en mitad de la cama. Desayunando rápido y excusándose por la prisa, el Negro Manuel salió para hacer sus labores de ordeñamiento en el granero regresando casi dos horas después para encontrar a la Negra María en la alberca con Herminia lavándole el cabello. La alberca se alimentaba de una pequeña fuente descubierta por el abuelo durante la construcción de las casas. Era un agua bastante fría que templaba la piel pero creaba gran relajación una vez se lograba la adaptación a la temperatura. El techo sobre la alberca estaba abierto y permitía ver las estrellas en noches claras de luna nueva, aunque creaba temperaturas más bajas en el entorno por esos vientos que descendían de las montañas. El Negro Manuel dormía bajo una cobija de pieles de oveja y sábanas gruesas de lino. En la alberca, el efecto del frío se podía ver bien en la piel de gallina en los brazos y torso junto con las tetillas erguidas.

Herminia salió muy pronto de la alberca, arropándose en una toalla, riendo entre dientes, dándole un guiño al Negro Manuel, quien estaba encendiendo un fogón para calentar el cuarto. La Negra María flotaba entre una cubierta de jacintos de agua invitando compañía, bañada por la luz de varios cirios de cera de abejas que iluminaban el recinto. Respondiendo a la invitación, el Negro Manuel se desnudó y entró a la alberca flotando para abrazar a ese objeto de su fascinación tan cercano y tan lejano al mismo tiempo. Los peces koi que habían crecido del tamaño de un pulgar a un brazo de largo circulaban perezosos tratando de entender esta nueva presencia que disturbaba su calma. El Negro Manuel y la negra María pasaron bastante tiempo gozando de la frescura del agua, observándose en silencio y saliendo eventualmente para arroparse en toallas y sentarse al lado del fogón. Con bastante ternura se abrazaron antes de vestirse y salir al patio central donde Herminia esperaba ansiosa de saber "detalles"' que no habían existido. Ninguno estaba reacio a penetraciones y consumaciones pero no era el tiempo apropiado. Se necesitaba más tiempo para conocerse mejor y desarrollar confianza entre dos personas no muy dadas a tomar acciones impetuosas. Siguiendo la sugestión de Emilia, el Negro Manuel tomó el Land Rover de la granja para llevar a la Negra María a su casa. Era un viaje corto por una carretera destapada y ondulante. Ella le mostró su viñedo y el perímetro de la casa, y hasta le aceptó al Negro Manuel la oferta de recogerla el próximo día de mercado para poder llevar más producto. Emilia compró el Land Rover para llevar quesos de la cooperativa a un distribuidor lejos de San Mateo, pero lo ocultó en un galpón durante la invasión de la guerrilla, y ahora el Negro Manuel era el chofer oficial. De alguna manera el vehículo pasó desapercibido durante el episodio de los inventarios, que tal vez no fueron tan exhaustivos.

Al despedirse, la Negra le plantó un beso ardiente en los labios, apretándole la nalga y dejando al Negro Manuel un poco convulso sin opción de continuar el encuentro debido a la presencia de trabajadores de otras granjas al borde de la carretera. En todo había sido una introducción muy placentera que auguraba mayores y probablemente mejores cosas. El Negro Manuel sentía un flujo de ardor consumiendo su cuerpo miembro por miembro. Las uvas se estremecían dentro de sus pieles en anticipación de lo que pudiera ser.

34

Con Juan Antonio graduado de la universidad y exhibiendo una actitud científica sobre botánica y fitoterapia, a Emilia se le ocurrió acogerlo como un asistente para ampliar la dimensión de su pesquisa. El estudio de las cualidades medicinales de plantas y su aplicación práctica demandaba una investigación más extensa con pruebas de apoyo y un historial de aplicaciones e intentos. Ya era una ciencia que se remontaba por arriba de curanderos y santeros para posicionarse como una práctica médica responsable. Juan Antonio demostraba una energía intelectual que captivaba a Emilia y le hacía pensar en la formación de un laboratorio más formal en apariencia y proceso, especialmente ahora con sus estudios sobre la práctica de medicina herbal de China y Japón. Tal vez necesitaría uno o más asistentes idóneos. Para Herminia esto era una buena noticia ya que se preocupaba por empleo y residencia para su protegido. Faltaba saber el pequeño detalle de dónde viviría Juan Antonio. Sin forzar mucho la discusión, Emilia decidió que él viviría en su casa, en una de las alcobas del fondo que tenían baño y cuarto extra para oficina o biblioteca. Ella ya había convertido una de sus salas en un laboratorio bien equipado con una gran variedad de instrumentos. La época de la pesquisa personal con notas escritas en diarios y dibujos de artículos a tinta y acuarela era ya caduca. La nueva era demandaba buena fotografía, reseñas computarizadas, poderosos microscopios y extensos exámenes de tejidos y material genético además de una antena para comunicaciones. No era suficiente describir y conocer las plantas, se precisaba investigarlas a fondo con varios grados de énfasis. La tasa de intercambio de conocimiento era intensa y rápida si se deseaba ser parte de la vanguardia científica del mundo. Emilia se consideraba ampliamente calificada para hacerlo, basada en su diálogo con varios jardines botánicos en Holanda y Francia y el producto de una vida dedicada. En Juan Antonio entrevía un gran potencial aumentado por una oportunidad de completar un sueño de renombre científico. Herminia le regaló a Juan Antonio una bata blanca de laboratorio con su nombre bordado sobre el bolsillo del pecho. El laboratorio de la doctora Emilia María Rodríguez Tellez empezaba una nueva era de actividades.

Parte de los esfuerzos de Emilia en la formación de un laboratorio formal consistía en aprender lo suficiente del lenguaje chino y japonés como para entender comentarios y materiales. Con este objetivo logró hacer contacto con una joven herborista de la Universidad de Nanjing visitando una universidad en las cercanías. Luego de una visita de varios días a la granja y al trabajo en la alacena, la especialista le expresó a Emilia un deseo de unirse a su equipo para hacer investigaciones y enseñarle los rudimentos de las lenguas. Sería posible para Emilia enrolarse en la Facultad de Ciencias Biológicas de la Universidad de Nanjing para obtener un doctorado adicional en Biología con énfasis en Herbología a través de la Extensión para Educación en el Extranjero con base en el trabajo ejecutado hasta el momento y los logros de su pesquisa. Esto le serviría para refrendar enlaces y aumentar su postura científica. Por coincidencia, la joven científica se llamaba Jiao Ling Zhang que en chino significa *Buena, Fina, Propicia, Inteligente, Espiritual* que eran virtudes muy apreciadas y que auguraban un buen enlace. El apellido Zhang era muy común en el dialecto mandarín entre la estrecha planilla de apellidos chinos. Emilia no era reacia al estudio pero aprender mandarín y japonés a un nivel elemental era un gran reto a pesar de haber conquistado fluencia en alemán, inglés y latín.

Con el apoyo entusiasta de Herminia y Juan Antonio, la casa se convirtió pronto en una escuela de lenguas y caligrafía a la que se agregaron el Negro Manuel y la Negra María además de Cristóbal, Diego y sus socios. Encima del aprendizaje todavía quedaban las labores de la granja a las cuales Jiao Ling se sumó con entusiasmo usándolas como ilustraciones propicias para enseñar los nombres de cosas, procesos, plantas y animales. Reflejando la influencia oriental, se sembraron vegetales chinos y japoneses que generaron sesiones de demostración en el mercado. Las diferentes coles, lechugas y rábanos fueron muy bien recibidos, al punto que el Negro Manuel llevó varias canastas a otros mercados. Los nombres orientales no importaban, la atracción estaba en forma, color y sabor. El Valle de Don Simón se había convertido en una gran despensa agrícola gratamente notada por el Departamento de Agricultura y distribuidores por toda la región. Ciertamente existían consecuencias en el estudio de plantas extrañas, incluyendo efectos sobre el paladar.

La presencia de Jiao Ling sirvió para animar una velada de poesía nacida del interés de Juan Antonio luego de que ella lo observara leyendo un libro de poemas de Pedro Mir, el poeta dominicano. Encontraron en la poesía una razón para entablar conversaciones más personales. La noche consistió en una lectura conjunta de poemas de los poetas clásicos Li Po y Tu Fu usando una traducción de *18 poemas de Li Po* y *18 poemas de Tu Fu* por Chen Guojian del Instituto de Lenguas Extranjeras de Guangzhou en Cantón. Era un evento muy original que servía para satisfacer la curiosidad que reinaba acerca de esa misteriosa asistente china en el laboratorio de Emilia. El gran patio entre las dos casas se llenó de gente ansiosa de ver y oír. Mientras los huéspedes disfrutaban de empanadas y tostones Jiao Ling recitaba los poemas en el lenguaje antiguo y Juan Antonio declamaba la traducción al español. Se notaba un aire suave de piano (algo de Brahms y Schubert) que llegaba desde la biblioteca de Emilia tocado por Cristóbal. Herminia había hecho varios folios de caligrafía con los poemas en caracteres chinos que se mostraban en las paredes y fueron subastados al mejor postor. Emilia, repartiendo aguardiente con el Negro Manuel, pensaba que este podría ser el primero de varios eventos similares para promover cultura en el Valle de Don Simón. Así se anunció una lectura en cuatro semanas por Juan Antonio de *Poemas del Cante Jondo* por Federico García Lorca acompañado en la guitarra por Cristóbal, el hijo del sacristán, quien había dado una serie muy exitosa de conciertos de guitarra flamenca por la región.

La figura de Jiao Ling no era imponente. Muy delgada, de estatura pequeña con piel de porcelana muy blanca, pechos medianos, pelo negro liso amarrado con una cinta roja, labios pintados con un color rojo brillante, párpados bañados en tonos azules y mejillas maquilladas de rosa proyectaban una persona muy extranjera para el entorno local. Vestía una túnica blanca de material sedoso que empezaba con un cuello como una banda alrededor de la nuca que se transformaba en una solapa bajando diagonal hacia el lado derecho hasta debajo del hombro. El vestido descendía hasta los tobillos, disfrazando la baja estatura con un corte de rodilla para abajo, pero dando un aire de peso liviano, como una cortina flotando en la brisa. Era una versión del "cheongsam" o "qipao" que se había convertido en la túnica mandarina a insistencia de Madame Chiang Kai-Shek o Soong Mei-ling a principios del siglo XX como esposa del generalísimo y presidente de la República de China. Se la llamaba entonces la Dama Dragón por corresponder al dragón como símbolo de China y también por su poderío personal. Por otro lado, Jiao Ling era por todas apariencias una persona humilde y un poco tímida que hablaba con autoridad en materias científicas. Sin embargo, en la declamación de los poemas surgía una voz expresiva con pasión, fluidez y elocuencia, demostrando el sentido de la poesía a través del idioma que era refrendado por la dinámica presentación de Juan Antonio.

El acompañamiento en el piano fue muy efectivo y confirmaba a Cristóbal como una nueva estrella local llenando de orgullo a ambos padres y aún al obispo que era su padrino y lo había empleado para tocar el órgano durante la misa prendado de su precocidad. Un hermano salesiano en la escuela le daba lecciones de música y piano que ya llegaban al tope y demandaban un progreso a un sistema y maestro más riguroso y avanzado. Como era de costumbre en medios rurales, Cristóbal tendría que continuar el cultivo de su talento en un lugar más lejano. El conservatorio de música en la capital lo esperaba con el patrocinio de Herminia. Las sugerencias sobre futuras veladas abundaron y sirvieron para indicar una corriente subterránea de interés que valdría la pena explorar. Herminia y la Negra María hacían planes asumiendo un papel como patrocinadores hasta el punto de concebir la construcción de un teatro en el centro de San Mateo. Esa noche se formó una junta de voluntarios para explorar el concepto. San Mateo parecía estar listo para nuevas expresiones de madurez cívica más allá del mercado y las bandas de serenateros. Hasta las mirlas y los titiribíes parecían estar de acuerdo.

35

La velada y los ensayos para la presentación de poesía clásica china le dieron a Emilia una oportunidad para practicar lectura y pronunciación de los textos chinos. Para ella esta aventura lingüística era una obsesión ya que había sido aceptada en el programa de postgrado e invitada a visitar la universidad para dar unas conferencias sobre su trabajo en San Mateo como parte de la validación de un nuevo grado. Aunque le ofrecían un traductor, ella deseaba hacerlo personalmente por razones muy arraigadas a su carácter. Era un asunto personal de validación y bastante orgullo. Necesitaba zambullirse y consumarse completamente en la lengua y la cultura. No era un asunto fácil, especialmente por la pronunciación que demandaba cierto desarrollo del uso de la lengua en lugar de los labios de manera muy diferente a los idiomas occidentales. El progreso en conocer nombres y símbolos era evidente pero la pronunciación era frustrante y muchas veces enervante. Por esto pasaba varias jornadas cada semana caminando por el bosque con Jiao Ling vocalizando vocabulario y recogiendo plantas. Para muchos esto era un sencillo asunto de lingüística aplicada, pero para Emilia era un asunto de voluntad exaltada. Un asunto intenso de aprender y dominar. Existía en todo un sentido de conquista o gesta heroica atravesando culturas. Dicen que el aprendizaje de idiomas es más difícil con el avance de la edad pero Emilia estaba determinada a aprender sin pensar en sus cincuenta años previniendo el éxito. Un reto es simplemente un reto a cualquier edad. Se acepta o se rehúsa. Con el recurso del Land Rover, Emilia y Jiao Ling pudieron tomar varios viajes a una ciudad vecina que tenía una colonia cantonesa con varios restaurantes donde Emilia podía practicar la lengua. Los primeros viajes fueron desastrosos y decepcionantes, pero progresivamente Emilia fue capaz de ordenar comida y hablar con los cocineros para el deleite de todos y de sí misma.

Parte Ocho

36

Llegó la hora para el viaje a China y Japón. Una multitud se colocó a lo largo del camino para despedir a Emilia y Jiao Ling que se trasladaban al aeropuerto en el Land Rover manejado por el Negro Manuel. Era una expresión de curiosidad y admiración por esta hija de la comarca que alcanzaba horizontes cada vez más altos e insospechados, tal vez muy distantes. De San Mateo a Nanjing había una enorme distancia y diferencia tanto física como cultural conectada solo por buena voluntad, buen intelecto y un deseo enorme de superación. El viaje de casi veinticuatro horas por avión pasaba barreras que en otros tiempos tomaba años y tal vez un siglo en sobrepasar o meramente tocar extremos. Este y oeste se tocaban en un punto sobre el océano Pacífico donde nadie habitaba o llegaba. Llegar del Valle de Don Simón a la cuenca del río Yangtze no era tan fácil como la jornada de Marco Polo de Venecia a la corte de Kublai Khan en Beijing (Pekín). No había comparación, excepto en términos tanto geográficos como culturales, luego de ochocientos años. Marco Polo presumía saber la ruta por cuenta de sus tíos y

Emilia estaba cierta de que el avión la llevaría a su objetivo. Así lo decía su boleto de viaje. Pero era tal vez solo un pasaje de entrada a otra dimensión. En su entusiamo por ver el paisaje y sentir mejor la tierra, Emilia prefirió llegar a Shanghai para desde allí tomar el tren a Nanking a lo largo del río y poder ver el valle del río Yangtze durante esos trescientos kilómetros de distancia. Ella quería ver la tierra y la textura de gente y ciudades en la ruta. Darse mejor cuenta del entorno y quitarse esa capa de travesía y tiempo dejada por el avión. Así podría entender un poco más la medicina y el idioma alrededor del ambiente que forjaba la lengua. En su mente, ese río azul de los antiguos fluía enorme e impresionante como uno de los más largos del mundo llevando agua desde los Himalayas hasta el mar de China por un poco más de 6,300 kilómetros o casi dos meses y medio a pie. Esto era tan grande como la envergadura de su misión. Aprender lo que no se había aprendido y refinar lo aprendido.

En Nanjing la recepción no pudo ser mejor. Le asignaron dos ayudantes que le programaron una serie muy intensa de visitas a lugares, laboratorios y profesores durante su primera semana. Ambos hablaban buen inglés y empezaban a titubear en español. Gracias a Jiao Ling pudo superarlo todo con la seguridad de que era parte de un esfuerzo por encajarla bien en el sistema académico para obtener mejor provecho de su visita. En la segunda semana pudo enfocarse más en las conferencias esperadas como confirmación de su conocimiento y capacidad de pesquisa. Serían tres conferencias ante una audiencia del profesorado y alumnos de postgrado. Había en medio de todo una serie de entrevistas con varios de los más notables científicos en fitoterapia designadas a explorar la profundidad de su conocimiento y su cometido. Esta era una ocasión muy especial. Como lo hizo Kublai Khan con Marco Polo, había en el viaje y el propósito de Emilia una oportunidad para expandir conocimiento tanto para Emilia como para la universidad que así ampliaba un esfuerzo para crear relaciones entre países y culturas. A pesar de consideraciones de escala, dimensión y tiempo, existía un enlace continuo de propósito no muy diferente al tránsito entre Beijing y Venecia.

No se podían hacer comparaciones físicas de extensión y contenido entre el mercado de San Mateo y el de Nanjing, pero estaba presente en ambos el poder cultural de la tierra y sus productos satisfaciendo el apetito de una región. El muestrario de vegetales, pescado, carne, comida, fruta y otros productos en el mercado de Nanjing era impresionante en calidad y cantidad, como era de esperarse para una población de dos a tres millones de posibles comensales. El mercado de San Mateo se enfocaba en las necesidades de diez mil a veinte mil personas pero era relativo en escala y propósito. No se necesitaban veinte variedades de repollo o cincuenta versiones de lechuga y nabos. La estatura de cada cocina tomaba la talla de cada comunidad. Emilia se maravillaba en esto junto con el espíritu de la calle siempre repleta de peatones y actividades. Gente llegaba y salía a toda hora. Había un flujo continuo de mercancía y clientes. Ella se encontraba fascinada en un universo muy diferente y más veloz que hubiese podido ser abrumante, pero en el jardín botánico encontraba una dimensión más cómoda y comprensible. Allí le era posible recorrer las ciento ochenta y seis hectáreas del jardín con más lentitud, estudiar una colección de más de tres mil ejemplares vivos de la flora del sureste de China y deleitarse en examinar un herbario de setecientos mil folios. Era algo enorme pero bastante familiar por conocimiento y práctica. Los cinco centros de investigación científica del jardín botánico le afirmaban su misión, suplementaban la universidad y creaban un sueño de que algo similar fuese posible en el Valle de Don Simón bajo un programa de intercambio de semillas, plantas, tecnología y publicaciones. En particular, el Centro para Investigaciones en Plantas Medicinales le raptaba la imaginación y demandaba su tiempo en concierto con su actividad en la universidad. Este era un mar de conocimiento y tradición en el que Emilia nadaba con suficiencia.

Con el objetivo de demostrar su valor científico, la universidad montó una exhibición del herbario de Emilia que fue exhibido en otros tiempos en el Jardín Botánico de Leiden y estaba ahora vastamente suplementado con nuevos folios. Ella lo trajo como prueba de actividad escolástica. Estaba colgado en varios salones y en corredores con notas sobre el contenido. Todo se confabulaba para formar un preámbulo a las conferencias. Con más afinidad por la lengua y la cultura, aumentada por el trabajo en su favor por Jiao Ling y los dos ayudantes, le era posible a Emilia moverse con gran confidencia por el entorno. Las entrevistas producían buenos resultados y menciones para afirmar o establecer lazos de interés común. Dentro de su característica humildad le daba un cierto orgullo ser objeto de tantas atenciones y deferencias. Aquí dejaba de ser una aldeana de un lugar lejano para convertirse en una colega muy estimada. Aunque sabía la dimensión local de su trabajo, no estaba muy percatada de una importancia a nivel mundial como especialista en un medio ambiente especial. En contraste, Jiao Ling se ufanaba de la que ella consideraba su "maestra" de una manera puramente oriental. Así, Emilia era elevada al nivel de tutora y maestra.

Al cabo de un més, Emilia ofreció sus conferencias a lo largo de dos meses con gran número de comentarios favorables y un sinnúmero de preguntas que ella pudo contestar muy bien en mandarín para sorpresa de la audiencia y el profesorado. La jornada lingüística fue una marcha triunfal a pesar de las dificultades. Con su pelo atado en un moño y un vestido oriental de seda al estilo de un "cheongsam" o "qipao", como el que Jiao Ling usaba en San Mateo, ella proyectaba una imagen casi local y enteramente profesional. Al final de su última conferencia fue sorprendida por el presidente de la universidad y el decano de la facultad, quienes le otorgaron el grado doctoral y varios galardones al mérito. Para Emilia era como una entrada a un panteón que nunca hubiese podido vislumbrar desde San Mateo. Los tres meses en Nanjing ofrecieron un fruto muy generoso.

Para completar la gira, decidió subir hasta Beijing para visitar el nuevamente establecido jardín botánico, con su borde de plantas medicinales clasificadas de acuerdo con sus funciones médicas descritas en la *Farmacopedia* y el *Compendio de Materia Médica*. Allí estaban ordenadas en un gran círculo las hierbas relajantes de nervios, las nutridoras de líquidos del cuerpo, las deshumidificadoras, las estimulantes de circulación sanguínea, las reguladoras de la sangre, las tonificantes, y las diaforéticas que se usaban como tisanas o emplastos para producir sudores. Era esta una idea que se quedó guardada muy profundamente en su mente y sus cuadernos de apuntes para futuras oportunidades en su jardín de San Mateo.

Por recomendaciones de varios profesores en la Universidad de Nanking, Emilia fue invitada a visitar los Jardines Botánicos de Koishiwaka de la Facultad de Postgrado en Ciencias de la Universidad de Tokio con una visita adicional al Jardín Botánico de Plantas Medicinales de la Universidad de Tohoku en las afueras de Tokio. La posibilidad de visitar estos renombrados jardines con su historial centenario de investigación y aplicación de fitoterapia llenaba a Emilia de placer. Era un placer compartido con Jiao Ling y los dos asistentes para quienes el jardín de Koishiwaka era un objeto de muy alta reverencia y admiración. Así que regresando a Nanjing para dar un agradecimiento formal a la facultad y preparar el viaje a Tokio afirmando los contactos con la Facultad de Postgrado en Ciencias de la Universidad de Tokio y el Jardín Botánico de Plantas Medicinales de la Universidad Tohoke, Emilia tomó pausa para refinar sus intereses científicos con el objetivo de sacar mejor provecho al viaje. No es asunto de cada día obtener permiso o ser invitada especial para visitar centros de investigación tan renombrados. Los jardines de Koishiwaka se originaron en 1684 como un jardín de hierbas medicinales y se establecieron como el punto central del desarrollo de investigación botánica en el Japón. La colección de especímenes vivos es enorme, con ejemplares de Japón, Corea, Taiwán y China. Encima de todo tienen un herbario con casi un millón y medio de ejemplares y una biblioteca de veinte mil volúmenes. En medio del jardín de hierbas hay un hospital para tratamientos de fitoterapia establecido en 1722. Saber estos datos era suficiente para abrumar a una persona; sin embargo, Emilia se esforzaba por mantenerse calma y evitar sentirse inferior. Su trabajo había demostrado una capacidad bastante extraordinaria refrendada y aclamada por autoridades en la materia. Con un esfuerzo superior ella logró pasar la barrera del idioma con solvencia. Se había aprendido mucho, faltaba completar un ciclo.

37

Mientras Emilia estudiaba en China la vida en San Mateo continuaba sin pausa. Juan Antonio y Cristóbal dieron su concierto sobre los *Poemas del Cante Jondo* en el auditorio de la escuela, repitiéndolo luego en la plaza por demanda popular. La voz clara con buena dicción de Juan Antonio se complementaba muy bien con la guitarra de Cristóbal, que evocaba el espíritu y sonido de Andalucía, aunque nadie en el pueblo hubiese estado allá. Con su zapateo, taconeo y palmoteo varias chicas se unieron a bailar con él y pronto la plaza entera coreaba los poemas. Se movían los brazos como ramas al viento y los pies se asentaban sobre los baldosines produciendo un temblor como el paso de un tren. Al final, Herminia, con su mantilla atada a sus caderas, salió bastante ebria a cantar un poema del *Romancero Gitano* para la sorpresa de todos. Cristóbal trataba de seguirla en la guitarra mientras que Juan Antonio y las chicas taconeaban y palmeaban con frenesí. Era un poema bastante largo que sirvió para darle punto final a una noche muy divertida.

Verde que te quiero verde
verde viento, verde ramas
el barco sobre la mar,
el caballo en la montaña
verde, que yo te quiero verde
Etc. Etc

Cansada y muy ligera de mente y cuerpo, Herminia fue llevada por el Negro Manuel hasta la casa y depositada en su lecho ya casi dormida. La Negra María los había seguido un poco alarmada por la condición de Herminia por encima de su interés en el Negro Manuel. Una vez en la casa ella ayudó a Herminia con el cambio de ropa para dormir y la cubrió con una cobija. Allí quedó Herminia como un fardo mientras María y Manuel se acostaban luego de gozar del placer de sus cuerpos. La noche grabó las memorias del evento en la luna llena que se las llevó a Sevilla un día después. Tal vez podría llevarlas también a Tokio. El mundo entero había bailado de seguidillas esa noche.

Por la mañana, María y Manuel fueron sorprendidos al encontrar a Herminia nadando en la alberca con un tazón de café en la mano.

—Esta agua fría es lo que necesito para despejar mi mente. Si fuese posible yo cambiaría de casa.

Sin decir nada Manuel se vistió rápidamente para bajar hasta el establo y ordeñar las vacas y las ovejas. María se metió a la alberca por insinuación de Herminia, quien le ofrecía un masaje enérgico con un cedazo. Las dos mujeres se olvidaron del tiempo y les pareció que el Negro Manuel regresó muy pronto a pesar de las dos horas transcurridas bajo la energía del frotamiento. El Negro Manuel acababa de recibir una caja de correo traída por el cartero quien estaba preocupado por la ausencia de una semana en visitar la oficina de correos. Había postales que Emilia envió desde China, varias solicitudes de información acerca de papas y quesos, una carta de Jiao Ling para Juan Antonio y una carta para Herminia.

—Es de mi amigo Sigifredo del archivo. Está en camino. Llegará en dos días. Que emoción. Sigi viene a verme.

Ni María ni Manuel sabían quién era este Sigi que despertaba tanta emoción en Herminia y la miraban con ojos como signos enormes de interrogación.

—Es en realidad el doctor Sigifredo Del Rosario Sanclemente Forero, el archivista que nos ayudó en la pesquisa sobre el hermano mellizo del obispo. Él y yo formamos una amistad muy apegada durante nuestra visita. Para decir poco, es un hombre muy interesante. Hay que preparar la casa.

Herminia salió de la alberca, olvidando su bata de baño, caminando desnuda rápidamente hasta su casa dejando el aire repleto de preguntas. Había mucho que hacer. Herminia se dedicó por dos días a limpiar, lavar y adornar su casa, sin olvidar la fabricación de quesos; mientras María y Manuel se ocupaban, junto con Juan Antonio, de las faenas de Emilia, tal y cual como ella los instruyó antes de viajar. Aún a trece mil kilómetros de distancia la granja funcionaba de acuerdo con la voluntad de Emilia.

Desde el portón, Herminia oteaba el horizonte en busca de un indicio de la llegada del Dr. Sanclemente. Por fin pudo vislumbrar el bus intermunicipal bajando por la montaña y bajó hasta la plaza en el Land Rover para recibirlo en medio de un fuerte aguacero. Sin contener su emoción al verlo, Herminia lo abrazó, besó y llevó en su abrazo hasta el Land Rover antes de que Sigifredo pudiese decir algo. Ella era un poco más corpulenta y fuerte por sus labores en el campo. Los pocos minutos de subir por la loma encontraron a una Herminia emocionada e incoherente y a un Sigifredo también sin palabras, bastante confuso de haber llegado a un lugar lejos de sus gavetas y folios y caer en algo tan efusivo e inesperado bajo baldazos de agua lluvia. San Mateo y el Valle de Don Simón le inundaban los ojos y la mente con imágenes de verdor humedecido por la lluvia. Herminia hacía eco a la tormenta y los sonidos se anulaban entre sí mismos contra el repicar de las plumillas en el parabrisas del Land Rover. La única opción parecía ser rendirse y dejarse caer mojado en la voluntad y gracia de Herminia, como alguien atrapado en un torbellino o un bebé emergiendo a su nacimiento. Vistiendo solo un alba de lino blanco empapado por la lluvia, Herminia mostraba destellos de su figura fluyendo bajo los pliegues como puntos de exclamación. Llegando a la mitad de sus cuarenta años conservaba un cuerpo mucho más joven y firme, como si estuviese en sus treinta. Corriendo bajo la lluvia por esos veinte metros desde el galpón hasta el portón de su casa abandonaron la seriedad de una recepción formal para actuar como chicos de escuela gozando de la lluvia y el barro. Herminia lo llevó muy pronto a una alcoba y le dio varias toallas para secarse y una bata de baño para cubrir su desnudez una vez despojado de su indumentaria, la cual Herminia tomaba para llevar al secadero. Le mostró el baño y la ducha mientras ella se quitaba el alba dejando ver lo sospechado sin demostraciones obtusas de pudor. Ambos se metieron a la ducha y afrontaron las consecuencias del contacto de piel a piel produciendo una unión apasionada sobre el piso de la ducha con un torrente de agua cayendo sobre todo. Era más de lo que Sigifredo esperaba y mucho menos de lo que Herminia deseaba. Era algo a pesar de todo.

Una vez sosegados y vestidos, Herminia le dio a Sigifredo una gira por la casa acompañada de una botella de vino y una bandeja de pandebonos. Sigifredo estaba todavía receloso y bastante brioso pero se recomponía con la descripción del abuelo y la formación del pueblo y la comarca. Herminia exudaba sexualidad e inteligencia, dos cualidades bastante peligrosas que Sigifredo estaba tratando de balancear aunque para Herminia no era asunto de balance ya que todo era una sola cosa. Ella se entregaba totalmente sin repujos o exclusiones. Sigifredo le servía de catalizador. En medio de la carnalidad estaba la narrativa del pueblo y la comarca como algo extraordinario que merecía ser recordado en papeles y reseñas oficiales. La cita de Tomás Merton inscrita por Herminia en la pintura del abuelo le daba ideas para enfoque y extensión. En su mente de archivista fluían memorias paralelas de lugares, personas y eventos que resonaban con la memoria y realidad de San Mateo: el Valle de Don Simón, las guerrillas, el convento, el mercado y las gestas de las dos hermanas. Allí decidió dedicar su visita a delinear un relato y recoger documentos y fotografías mientras Herminia lo mantenía en celo constantemente. Claro que la extensión de su dedicación dependía de la profundidad del deseo de Herminia, que parecía estar desbocada con una pasión inusitada luego de muchos años de celibato. La ausencia del Negro Manuel y Juan Antonio le daba más libertad de expresión y acción. Ambos estaban en la casa de la Negra María reparando el techo y obviamente demorados en sus labores por el aguacero.

En la catedral y la alcaldía Sigifredo encontró una veta enorme de información y durante entrevistas con los residentes más viejos de la comarca pudo encontrar anécdotas y fotografías que hicieron su labor más fácil. En todo, Herminia lo acompañaba muy celosamente bastante orgullosa de su capacidad e interés.

La gran mesa del comedor en la casa de Herminia se llenó de papeles, fotos históricas, mapas y certificados que afirmaban la historia de San Mateo y el Valle de Don Simón. Hasta allí llegó el hermano Calixto, que enseñaba artes gráficas en la escuela de artes y oficios, con un esquema para producir un libro y un folleto. Era una labor bastante complicada por la necesidad de tomar fotografías, dibujar mapas, editar texto y diseñar las páginas de una manera sobria, elegante y bien presentada. El hermano Calixto se encargó de hacer todo el trabajo editorial y de prensa con su taller mientras Sigifredo contribuía la narrativa y Herminia ayudaba con el patrocinio. Lo que en un principio aparecía como una gesta muy difícil pronto se convirtió en una colaboración fácil y fluida. El hermano Calixto había estudiado litografía y diseño gráfico en España y Alemania, y era autor de varios libros, folletos y productos de promoción e información. Era también un buen fotógrafo que capturó una serie de excelentes imágenes del pueblo y la comarca. Sigifredo le ofreció acceso a los archivos en la capital si fuese necesario, aunque la información obtenida en el pueblo era bastante completa. No se trataba de hacer una historia exhaustiva en detalle sino simplemente de presentar el esbozo de un pueblo y una comarca que hasta hacía unos pocos años antes no tenía nombre.

Por dos semanas la mesa del comedor en la casa de Herminia se convirtió en un taller de diseño gráfico para deleite de Juan Antonio, el Negro Manuel y multitud de curiosos para quienes esta labor era nada menos que mágica. Fotografías y mapas se tornaban en ilustraciones y texto se organizaba en columnas y tipografía. El asombro se magnificó cuando el hermano Calixto trajo las pruebas antes de imprimirlas. Era como ver un nacimiento con una reacción emotiva muy similar. Extendida sobre la gran mesa se veía la historia de la comunidad presentada con elegancia y efectividad. Sigifredo examinaba cada página con su lupa, dando murmullos de aprobación y voces de grata sorpresa. Todo lo que se sabía de varias fuentes estaba ahora contenido en estas páginas. El obispo lo vio todo con asombro, proclamando el libro como el certificado de confirmación de San Mateo y el Valle de Don Simón. Herminia aprobó una edición inicial de veinte mil copias que serían distribuidas por toda la población además de varias salas legislativas y de archivos. Por sugerencia de Sigifredo se organizó un evento en la capital para presentar el libro. Por asuntos de protocolo le correspondió a Herminia presentarse como presidente de la Cámara de Comercio de San Mateo y regresar para instalarla en efecto con varios de los comerciantes, cediéndole luego la presidencia a Angélica, la esposa de Aquivaldo el sacristán, quien tenía más experiencia en esos asuntos de liderazgo y promoción.

Luego de la presentación del libro, Sigifredo se arrodilló inesperadamente ante Herminia en la presencia de los asistentes y presentándole un anillo de esmeraldas le pidió ser su esposa. Herminia no estaba preparada para esto pero su afecto la motivó para dar un entusiástico signo afirmativo de aceptación. Desde la llegada de Sigifredo todo había sido para Herminia un torbellino de pasión y actividad, al punto que no notaba mucho la ausencia de Emilia. Ahora recordaba a su hermana y pensaba brevemente en las consecuencias de su decisión y el asunto de programar la boda a su regreso del Oriente. Ella sabía que Emilia aprobaría de Sigifredo pero también sabía que no era prudente tomar grandes decisiones sin su participación. Por encima de todo, Emilia era la hermana mayor y a través de todos los años ella había sido madre y padre a pesar de las

circunstancias. Con Sigifredo abrazado muy estrecha-
mente a su lado todo le parecía posible, como ese libro
que se acababa de presentar. Por encima de todo estaba
ese viaje de retorno a San Mateo, con la realidad de que
Sigifredo renunciaría a su posición de archivista y se
comprometería a vivir en San Mateo y trabajar en la
granja en las emergentes funciones de administración y
promoción. San Mateo había dejado de ser un pueblo
sin nombre para convertirse en un lugar de renombre.
En medio de esto, ¿qué nombre sería posible para la
granja y sus productos? ¿Qué diría Emilia?

38

En Tokio, Emilia visitaba los jardines botánicos de la universidad guiada por el doctor Tanaka Yoshiro, profesor de fitoterapia, quien se prendó de la capacidad de Emilia como científica mientras admiraba su herbario y experiencia además de su prestancia femenina. Los jardines no eran tan grandes como los de Nanjing en China; pero con solo dieciséis hectáreas contenía una enorme colección de plantas y apoyaba investigaciones en evolución, filogenética, sistemática y fisiología de hierbas y plantas mayores. Las conferencias de Emilia fueron muy bien recibidas y comendadas con certificados y expresiones de apoyo. Con el doctor Tanaka pudo visitar el Jardín Koishiwaka Korakuen que compartía su nombre con el de la universidad. Había sido declarado oficialmente como lugar de belleza escénica especial y sitio histórico especial basado en la ley de protección para propiedades culturales en el Japón. Solamente siete lugares en Japón gozan de esta doble protección. Aunque no era un lugar que exhibía o estudiaba plantas medicinales, pasearse por este jardín construido en 1629 revelaba un énfasis en el poder curativo de la naturaleza en su aspecto estético más organizado. Le recordaba el bosque de robles y las montañas alrededor del Valle de Don Simón donde ella obtenía experiencias terapéuticas y estéticas similares a este jardín. El proceso paliativo era más ambiental que circunstancial. El medio ambiente no se puede contener solamente en una tisana, es necesario sentirlo en toda la extensión del ser. Es necesario compenetrarse.

Al finalizar su jornada en Tokio le correspondió a Emilia visitar y estudiar por un mes en el Jardín Botánico de la Universidad de Tohoku. Aquel jardín de cuarenta y nueve hectáreas ha contenido por cuatro cientos años una foresta primigenia de incalculable valor académico y científico aumentado todavía más por su belleza. Luego de aclimatarse a los varios departamentos, Emilia se dedicó al estudio de resultados de pesquisa sobre el uso de medicina china y sus varios tratamientos debidamente endorsados por expertos médicos en Japón. El Dr. Tanaka la acompañaba en todo como un atento colega muy interesado en satisfacer esa hambre científica de esta mujer del otro lado del mundo.

Tenía mucho más para ver y aprender pero para Emilia llegó la hora de regresar a San Mateo. El viaje fue muy exitoso y provechoso por donde se lo mirase; pero el corazón siempre estaba tratando de regresar a su nido. Jiao Ling también quería regresar, no tanto a San Mateo sino a Juan Antonio. El viaje de casi veinticuatro horas a través de un poco más de doscientos trece grados de longitud abrumaba los sentidos y el cuerpo. No era asunto simplemente de dormir durante las catorce horas de real diferencia sino de adaptarse física y mentalmente al paso de tiempo y distancia. Se trataba de desraizarse de un lugar y enraizarse en otro sin efectos perniciosos. Tal cual como un árbol viajero que carga sus raíces amarradas a su tallo. Tanto plantas como humanos no podían hacer esto sin impunidad. El costo se pagaba en cansancio y pérdida temporal de capacidad cognitiva. Tanto Emilia como Jiao Ling se habían preparado con infusiones de melatonina tomadas días antes del viaje siguiendo el consejo del Dr. Tanaka recordando esos primeros días de jaqueca intensa en Nanjing. Por esto se sintieron revigorizadas desde la llegada a los abrazos del Negro Manuel, Herminia y Juan Antonio en el aeropuerto hasta la entrada a San Mateo. Todo era de nuevo fresco y amable.

Emilia traía varias maletas con material científico para ordenarlo en su laboratorio. Trajo también sendos hábitos mandarines o *cheongsams* de seda para Herminia y La Negra María bordados con flores y dragones. Para el Negro Manuel y Juan Antonio trajo chaquetas *tang* de brocado de seda roja con caligrafía de sus nombres en caracteres chinos. Había también una chaqueta blanca con encaje dorado sin caligrafía que Herminia tomó para Sigifredo pensando en su atuendo para la boda. Para todos trajo también kimonos blancos de seda gruesa con bordados blancos de flores que le consiguió el Dr. Tanaka en la tienda de un monasterio budista en las cercanías de Tokio. Eran unos regalos muy especiales que servían para evocar la distancia. Había mucho que contar de ambos lados.

Día y noche se juntaron en una sola narrativa con todos contribuyendo historias y experiencias. De la visita de Sigifredo al compromiso de boda más los conciertos de poesía hasta la inminente visita del Dr. Tanaka para afirmar los lazos entre las universidades y el laboratorio de Emilia. Se discutió mucho la producción del libro y las páginas dedicadas a Emilia y sus logros científicos. Hasta los tamales parecían dar una opinión secundada por tragos de aguardiente. En todo, Copo se unió a la discusión enrollado y ronroneando sobre el regazo de Emilia. Esto es lo que él había ansiado por casi seis meses. No se inmutó cuando los galgos entraron por el portón de enfrente y llegaron hasta Emilia para darle una husmeada total, cerciorándose de quién era y sentándose a su lado satisfechos de tenerla otra vez con ellos. Todo retornaba a la normalidad fuese lo que fuese o quisiera ser. En la oscuridad de la biblioteca, el abuelo sonreía complacido.

39

Al cabo de unos días se sosegó bastante el ambiente como para empezar los preparativos para la boda. Esto era sencillamente una tira de cuerda entre Herminia y Emilia sobre control que terminaba en un empate o al menos así parecía. Luego de un somero análisis y muchos berrinches, se decidió hacer la ceremonia en la catedral con recepción en la plaza considerando que Herminia pertenecía a San Mateo por legado del abuelo y sus acciones en favor del pueblo. Sigifredo estaba de acuerdo con todo todavía alelado por la presencia de Herminia. Sus padres habían sido asesinados cuando cursaba secundaria y fue un fondo anónimo el que le permitió enrolarse en la universidad y luego hacer estudios de postgrado en Italia con un internado en la Biblioteca del Vaticano. Por extrema coincidencia y experta pesquisa pudo descubrir que ese fondo anónimo había sido establecido por el abuelo antes de colonizar el valle y establecer el pueblo en su afán de promover educación superior para víctimas de conflictos guerrilleros que él ya vislumbraba por experiencia y observación de la maquinaria de gobierno. Parece que es ineluctable que todos los ríos lleguen al mar donde los barcos no trazan líneas en silencio. Las olas y los vientos saben muy bien para dónde va la corriente.

El asunto del vestido de novia parecía envolver toda una multitud desde Emilia hasta Angélica, la Negra María, y el hermano Patricio, quien se había convertido en una clase de consejero artístico por sus murales en la catedral. Herminia amenazaba con presentarse desnuda abrazando solo un manojo de lirios blancos y arrastrando un velo de tul de seda confiada en que su abundante vello púbico le serviría de cubierta por debajo de las flores. Emilia se alarmaba con la falta de paciencia por esta clase de sugerencias y finalmente pudo convencer a todos que el kimono blanco de seda sería un vestido apropiado, con Herminia llevando un gran racimo de lirios y espatofilos como ramo de bodas. Era una imagen sencilla y sensible no muy difícil de crear o aceptar. El cabello podría dejarse caer sobre la espalda trenzado con cintas blancas. Un velo de tul con bordes de cinta plateada serviría para cubrir a la novia hasta el momento de dar los votos. Una vez definido el asunto del vestido se le encomendó a Cristóbal preparar la música mientras el Negro Manuel y Juan Antonio pensaban llenar el recinto con espatofilos y rosas blancas, muy para el disgusto de las abejas y los picaflores. Sigifredo vestiría simplemente la chaqueta que le trajo Emilia de China con pantalones grises, camisa blanca y zapatos de tacón un poco alto para tratar de igualar su estatura con la de Herminia. El asunto de entretenimiento y agasajo quedó en manos de Angélica, quien organizó su Cámara de Comercio para estos efectos con lujo de coordinación. El Negro Manuel, Juan Antonio y Diego sirvieron como testigos para Sigifredo mientras que Emilia, La Negra María y Jiao Ling lo hicieron para Herminia. El obispo, con vestimentas de blanco y oro, condujo la ceremonia con gran sobriedad y elegancia bajo los ecos de la guitarra tocada por Cristóbal con temas de Granados, Albeniz y Tárrega. En la plaza se saciaron los concurrentes con asado de ternera, envueltos de choclo, papas asadas, arroz con pimentones rojos y tomates, varios vegetales y galones de champús, además del flujo usual de aguardiente. Los serenateros se pasearon cantando esas canciones viejas que agradaban a todos y muchos se animaron a bailar. Herminia y Sigifredo caminaron por el entorno agradeciendo la presencia de mucha gente amiga antes de cortar un pastel enorme de tres niveles preparado por la clase de repostería en la escuela de artes y oficios. El hermano Patricio, quien concibió la decoración del pastel, se colocó orgulloso y satisfecho a su lado. El jolgorio duró hasta tarde en la noche, cuando la gente empezó a salir embriagada o empachada para sus casas. Herminia y Sigifredo se retiraron a la casa donde el Negro Manuel les había construido una nueva cama muy amplia en el taller de Diego, con cabecera de madera tallada y cuero repujado. Emilia roció pétalos de rosa sobre ella luego de tenderla con sábanas de seda. La alcoba estaba iluminada por una gran cantidad de velas y cirios mientras se perfumaba por un fogoncito que quemaba esencia de rosa y azahar. Todo se había elevado a un nivel maravilloso que le quitaba la voz a Herminia pero le frotaba el corazón con cariño. Amar y ser amada eran solo aspectos conjugantes de un solo verbo. Sigifredo sonreía pensando haber llegado a la gloria o un lugar cercano. La visión de su esposa caminando desnuda por la semi-tiniebla dorada de la alcoba lo sobrecogía con cariño y expectativa. Esta era en realidad una mujer extraordinaria en un momento verdaderamente maravilloso. La gran ostra del universo se había abierto para mostrar su mejor perla.

Parte Nueve

40

El Dr. Tanaka viajó a San Mateo sin tener otra referencia del lugar que descripciones de la granja ofrecidas por Emilia en sus conferencias. Desde el otro lado del mundo, San Mateo representaba solo un punto cardinal sobre el cual se tiraba una línea de perspectiva. Tanaka Yoshiro era un hombre de mediana estatura, cuerpo compacto. pelo negro erizado partido en la mitad, ojos negros enmarcados por anteojos de lentes redondos y cejas espesas. Se vestía de manera sobria en tonos de gris y negro, como la mayoría de sus coterráneos, con la excepción de su bata blanca de laboratorio. Proyectaba intensidad y gentileza tanto como conocimiento y autoridad. Avanzaba por la última parte de sus cuarenta años con lo que se podía considerar como un punto avanzado en su profesión. Ya era un académico con tenencia, renombre y un muestrario grande de publicaciones y logros. Se le consideraba como una autoridad en su campo y estaba en mucha demanda para participar en conferencias y reuniones multi-disciplinarias. Este viaje a San Mateo había nacido de su deseo por investigar personalmente la fauna de un lugar lejano y la atracción de una mujer bastante exótica que venía de ese lugar a perturbar sus deseos.

Fue así que emprendió su gesta sin solicitar direcciones ejercitando su olfato orientador, tratando de navegar lenguas y lugares usando guías de viaje y referencias de lugares. Las etapas del viaje por avión no ofrecían otra cosa que un medio de transporte rápido y conveniente de punto a punto. Eran simplemente conexiones, como las costuras que dejaba una máquina de coser. La aventura estaba en encontrar la ruta de la capital hasta San Mateo. El nombre del pueblo estaba todavía muy joven para ser incluido en todos los mapas y en las guías. Así, logró encontrar un servicio de buses intermunicipales en la plaza de mercado en San Victorino.

Sentado por el lado de la ventanilla en el bus intermunicipal podía ahora ver más de cerca la textura y color de las montañas y valles repletos de flora un poco familiar de otros lugares y expediciones. Viendo al Valle de Don Simón desde esa curva en lo alto de la cordillera pudo sentir la emoción de haber llegado. Era exactamente como Emilia se lo dibujó en la bóveda de su cráneo. Rodando por las faldas, la carretera se trazaba a la vera del bosque de robles con sus barbas de musgo para finalmente llegar al claro de la plaza mayor en San Mateo. Era día de mercado y bajándose del bus al frente de la catedral Tanaka Yoshiro pudo otear el área desde el pórtico hasta encontrar a Emilia y Herminia sentadas al lado de su estante. Caminando detrás de ellas las saludó:

—*Ojayogozaimas, chinainaru, sonkei josei* (Buenos día, muy queridas y respetadas damas).

Emilia casi sufrió un infarto mientras que Herminia se puso de pie sorprendida y tratando de identificar a este extraño. Recuperada de la sorpresa, Emilia se levantó para abrazarlo.

—¿Cómo ha llegado aquí? ¿Por qué no nos avisó?

—Yo quería conocer y ver. El paisaje es hermoso. Voy a tener que subir varias montañas y cruzar muchos bosques. Me ha dado mucho placer viajar solo y encontrar un rumbo cierto, como un explorador de verdad. Me siento como Humboldt en el Orinoco o Mutis en el altiplano. Tal vez Mutis o Caldas caminaron por estas tierras o algo parecido casi dos siglos atrás. El mundo es en realidad redondo y siempre llegamos a algún lugar si viajamos sobre un punto de fuga hacia un horizonte cierto.

Emilia lo introdujo a Herminia y al Negro Manuel, que estaba recogiendo las canastas ahora que el mercado había terminado. Muchos vendedores se acercaron para darle un vistazo más cercano a esta persona extraña que apareció sin anuncios preliminares. Bastaba que era amigo de Emilia para aceptarlo con alegría y empezar a conocerlo de verdad. El Negro Manuel recogió las maletas del Dr. Tanaka y las montó a la carreta y arrancó a subir lentamente por la loma mientras Herminia disparaba preguntas como una ametralladora y Emilia las contestaba con un poco de disgusto. Como decía Salomón en *Eclesiastés*: "*Hay tiempo para todo bajo los cielos"*. Herminia era muy inmediata y curiosa sin límites de tiempo, estación o lugar.

En la casa, Sigifredo y la Negra María le ofrecieron al doctor una bienvenida cordial sin muchas preguntas y un vaso de jugo de lulo que Herminia proclamaba como el *"néctar de los Andes"*. En medio del deleite por el jugo, el Dr. Tanaka tomaba nota de la identidad botánica de la fruta en su libretica de viaje. Emilia le ofreció los datos básicos, ofreciendo mostrarle unas plantas en su huerta que estaban produciendo esa fruta. La fruta (*Solanum quitense*) se llama también naranjilla y es pariente lejana del tomate. No era muy fácil para Emilia abandonar el tono académico frente a un colega de alcurnia. La impresión de Tokio perduraba en el Valle de Don Simón a pesar de la distancia.

Luego de guiarlo por la casa a su alcoba y de mostrarle el entorno doméstico, Emilia llevó al Dr. Tanaka por una gira de la granja y muy especialmente por su jardín de hierbas, que estaba en proceso de remodelación, y luego a la alacena. Mientras tanto, Herminia preparaba la cena con chuletas de cerdo empanizadas y un surtido de vegetales orientales cultivados en la granja acompañados de las inevitables papas azules horneadas. Por iniciativa propia ella consiguió salsa de soya como una gentileza muy apreciada por el Dr. Tanaka quien prometió enseñarle aspectos de la cocina japonesa. El Dr. Tanaka hablaba inglés con Emilia pero intentaba hablar español con los otros. Tenía un diccionario portátil japonés-español que consultaba a menudo con bastante destreza. Por todas luces era un hombre ansioso de comunicarse y aprender con mucho que decir y escuchar. El detalle musical de la cena fue ofrecido por Cristóbal, quien había llegado del conservatorio y brindó acompañamiento con la guitarra para deleite de Emilia. A falta de *sake* (vino de arroz) se bebió mucho aguardiente que resultó en que todos se marcharon a dormir antes de la medianoche. El Negro Manuel quedó muy interesado en ese vino de arroz y pensó que tal vez el Dr. Tanaka le podría instruir en cómo destilarlo. Había bastante arroz entre las cosechas del Valle de Don Simón como para dedicar unos pocos quintales a producir ese licor. Faltaba saber cuál era la variedad indicada.

Levantándose temprano al borde de la alborada, el Dr. Tanaka salió al patio para hacer sus ejercicios de tai-chi ante la mirada incrédula y curiosa del Negro Manuel que se preparaba para el ordeño. Quiso imitar los movimientos pero se confundió y fue descubierto por el buen doctor, quien le ofreció direcciones y lo aceptó como un alumno. Al cabo de un més, el Negro Manuel había aprendido la rutina de los primeros veinticuatro ejercicios pero le faltaba tiempo para pulirlos. Todo parecía más complicado de lo visto a primera instancia. Cuando estaban bien ejecutados, los ejercicios de tai-chi proporcionaban tranquilidad y balance, para sorpresa del Negro Manuel. Los puentes de Oriente a Occidente eran largos y laboriosos. Todo requería paciencia.

Además de sus ejercicios de tai-chi, el Dr. Tanaka se interesaba en el bambú que crecía a lo largo del riachuelo, así que quiso investigarlos, empezando por el espesor y la base de las cañas. Cortó varias cañas, limpió la cavidad central con una barra de hierro calentada en una fogata, perforó la embocadura cerca de un extremo y varios hoyos en los lados para acomodar los dedos, templó la madera lentamente en el fuego y se mostró muy satisfecho con haber producido varias flautas del estilo *shakuhachi* (flauta *zen*) hechas a su medida de casi un metro de largo que empezó a tocar durante sus paseos por el entorno despertando la curiosidad de varias personas, especialmente de Angélica, quien se mostró muy atraída al sonido y le pidió una flauta y además que le enseñara a tocarla. El asunto de aprendizaje no era muy claro ya que el sonido reflejaba una visión personal espiritual en lugar de una composición escrita para interpretar. Se tenía que sentir en lugar de leer e interpretar. Claro que existían composiciones muy antiguas ya dedicadas a una forma escrita pero para el Dr. Tanaka la flauta era un instrumento de expresión personal reflectiva de su entorno y su persona. Esta cualidad le interesaba mucho a Angélica con su carácter independiente e informal.

Durante una visita con Emilia, el granjero quechua tuvo oportunidad de escuchar las notas de la flauta flotando sobre la granja y regresó en unos días con su quena, o flauta andina, que producía un sonido similar a la flauta *zen* pero con un acento más reflectivo de las alturas andinas que de la mente *zen*. Al contrario del bambú, la quena se fabricaba con carrizo o totora, que es ese junco gigante que crece alrededor de los lagos en Bolivia donde se usa en manojos para hacer botes y construir casas. A insistencia de Emilia, ambos hombres se reunieron y demostraron los sonidos de sus flautas logrando crear una armonía conjunta que promovía buenos sentimientos bastante terapéuticos. Emilia veía en esto una oportunidad para aumentar el valor terapéutico de sus consultas. Así Jiao Ling y Juan Antonio se pusieron, bajo la guía del Dr. Tanaka, a fabricar varias flautas que serían ofrecidas a clientes luego de instruirlos en la técnica de hacer y sentir sonido. Se trataba de hacer terapia con expresión personal más que música de manera formal. Por falta de carrizo o junco gigante, el granjero quechua no pudo participar en la fabricación de flautas, aunque ayudó mucho en la enseñanza por tener mejor dominio del idioma y la cultura. Así el valle pronto se llenó con el sonido de varias flautas como vientos frescos de diferente intensidad. Sigifredo y Herminia observaban todo con una visión más amplia de eventos y actos culturales de gran impacto. Lograron convencer a Diego para fabricar estuches elegantes de madera con bolsillos de pana para contener las flautas e intentar llevarlas al mercado más allá de San Mateo. Concibieron también la idea de otro concierto de poesía con flautas y declamaciones de poemas japoneses clásicos con una traducción equivalente. Claro que el asunto de las traducciones era bastante complicado. La poesía clásica del Japón era muy sutil y bastante difícil de traducir. No por algo existían tantas longitudes de diferencia.

El Dr. Tanaka se mostró muy receptivo a la idea del concierto ofreciendo el concepto de incorporar flautas y tambores japoneses, o *taiku,* que podrían ser fabricados por Diego con asistencia del Negro Manuel.

Los tambores *taiku* demandan tiempo de producción pero se pueden hacer con barriles de vino debidamente preparados por dentro y por fuera para tener integridad, resonancia y poder contener las pieles templadas sobre ambos extremos. El Negro Manuel pudo obtener varios cueros gruesos de carnero bien curados y Diego encontró un barrilero en un pueblo cercano que podía producir los barriles abiertos con las duelas pegadas unas a otras, abrazadas por aros de hierro, como era necesario para la resonancia de los tambores. Se hicieron varios ensayos hasta encontrar una solución con buen timbre para producir lo que se llamaba un *nagado-taiku,* o un tambor del tamaño y forma de un barril común. Había tambores de todo tamaño que requerían más trabajo. Era suficiente juntar las duelas una por una con goma, lijar la superficie para crear un área muy fina que pudiese recibir cinco o seis capas de laca y luego colocar la piel bien estirada de arriba para abajo con cuerdas que se aseguraban luego con tachuelas de cabeza grande a cada centímetro en dos filas. Todo tomaba tiempo pero el resultado era un tambor con enorme sonido tonal que comunicaba el *bukkyo-daiko,* o espíritu del tambor, como se esperaba en el Japón. En su entusiasmo, el Negro Manuel y Diego produjeron ocho tambores que impresionaron mucho al Dr. Tanaka y sirvieron para crear un grupo de tamborileros que Herminia y Angélica vistieron con kimonos japoneses que trabajaron de acuerdo con ilustraciones en un libro y el consejo del Dr. Tanaka. Fue un proceso de un poco más de dos meses pero los resultados fueron asombrosos. El cruce de ese puente entre Oriente y Occidente llegaba bien hasta San Mateo.

41

En medio de todo, el Dr. Tanaka trabajaba con Emilia, Juan Antonio y Jiao Ling en un proyecto para realizar varios cortes latitudinales y longitudinales por la región del Valle de Don Simón para identificar flora en su medio territorial natural como lo hizo Humboldt en su viaje por Sur América en el siglo XVII. Se trataba de algo más detallado y relativo solo a esta región, que podría servir para esfuerzos similares que producirían un mejor entendimiento de la flora y el clima para efectos del uso apropiado de recursos. Así, en largas caminatas con utensilios para medir temperatura, altitud y tipo de suelo el equipo rondó por todo el territorio recogiendo varios folios de datos y produciendo muchos perfiles repletos de notas. El resultado conjunto formaba una historiografía natural muy completa y admirable por todas luces que complacía a todos y demandaba publicación en un medio científico. Con la ayuda del hermano Patricio se añadieron varias ilustraciones del paisaje que fueron organizadas como parte de un gran libro con narrativa creada por Emilia, perfiles dibujados por Juan Antonio y Jiao Ling y listas de plantas y sus cualidades organizadas por el Dr. Tanaka y Emilia. El resultado fue un tomo de quinientas páginas tamaño folio (30 cm x 48 cm) encuadernado en la escuela de artes y oficios y presentado en una caja de roble con un interior de terciopelo verde oscuro. Así se enviaron ejemplares a la Universidad de Tokio, la Universidad Tohake, la Universidad de Nanjing, el Jardín Botánico de Ámsterdam, el Jardín Botánico de Leiden y el Jardín de Plantas de París. El intento era diseminar conocimiento entre entidades botánicas notables por el mundo. Todos estaban orgullosos por el trabajo que representaba un gran logro al cabo de un año de labor constante y muchas veces agotadora. El esfuerzo colectivo resultaba en un triunfo que una sola persona no podría obtener en menos de cinco años.

Cansada del trajín del laboratorio y la granja, Emilia tomó una caminata por el sendero hasta la alacena para bañarse en la alberca. Era una tarde de verano bastante caliente y el agua fría actuaba como un gran paliativo en cuerpo y mente. Por coincidencia, el Dr. Tanaka caminaba del bosque hacia la alacena tocando su flauta y se sorprendió al ver a Emilia desnuda en la alberca y trató de evitar contacto de miradas pero Emilia lo llamó a entrar y nadar. Durante más de un año el Dr. Tanaka soñó con tener a esta mujer en sus brazos y aquel momento esperado se le presentó de una manera inesperada. Una vez en el agua, Emilia no tardó mucho en rozar sus senos contra su pecho y abrazarlo tomando control apreciativo de su endurecida masculinidad con su mano derecha. Era algo que ella también esperaba y fantaseaba con acariciar, tomar y poseer mientras que él estaba listo a rendirse sin condiciones. Las sabaletas alrededor fueron testigos y la alacena quedó repleta de mugidos y voces entrecortadas culminando una jornada ansiosa que ahora se desvanecía en una tarde andina casi canicular pero repleta de deseos satisfechos.

Ya de regreso a la casa, Herminia le guiñó un ojo a su hermana al presentir que algo significante había pasado al observar las sonrisas y las manos entrelazadas.

Mientras investigaba el asunto de la traducción, Juan Antonio encontró un volumen recién publicado de poemas japoneses traducidos al inglés por el poeta Americano Kenneth Rexroth (*100 Poems from the Japanese*), los cuales podrían servirles de base para hacer traducciones de inglés a español con las correcciones necesarias por un japonés en un medio latinoamericano, como el Dr. Tanaka. Era una manera oblicua de cruzar ese puente. Para facilitar más el esfuerzo, el libro de Rexroth tenía la versión japonesa acompañada de una versión en tipo romano (romanji) para efecto de pronunciación del sonido japonés junto con la traducción al inglés. Era una colección muy diversa pero bien selecta que contenía ejemplos de las tres mayores colecciones clásicas de poesía japonesa *(Manyoshu, Kokinshu and Hyakunin Asúa).* Con este tesoro en sus manos, Juan Antonio, Jiao Ling y el Dr. Tanaka se embarcaron en producir una colección de veinte poemas tomando pauta del título de un libro de Neruda (*Veinte Poemas de Amor Y Una Canción Desesperada*) que era muy popular. El hermano Calixto produjo un libreto explicando la poesía y presentando los poemas traducidos al español con su correspondiente versión en romanji. Luego de un mes de ensayos con las flautas, los tambores y arreglos de voz y énfasis, se programó la velada para una noche de luna llena en la plaza central. Los alumnos de la escuela de artes y oficios fabricaron linternas chinas que se colgaron por los lados de la plaza, además de estandartes y pancartas con caligrafía japonesa. El Dr. Tanaka dirigió la producción de *sushi* (rollos de arroz envueltos en alga marina con trozos de legumbres y pescado) acompañados de salsa de soya para chapuzarlos. Angélica formó un grupo de cocineras que asaron pollo y carne de res en varios braseros al estilo *teriyaki* (asado rosado con salsa de soya azucarada y vino de arroz) que se servían acompañados de arroz y vegetales. Eran sabores tal vez muy exóticos, pero se consumieron con gran gusto. El Negro Manuel había obtenido varias cajas de *sake* en botellas pequeñas que se sirvieron al clima o calientes para deleite general. Hacia el final, varias personas intentaron leer la versión romanji con más entusiasmo que veracidad pero gran deleite para el Dr. Tanaka.

42

Una vez más los resultados alimentaron el deseo de Herminia, Sigifredo y Angélica por hacer eventos similares en una base periódica. Se necesitaba organización ya que había suficiente patrocinio y talento por encima de mucha discusión. En el pizarrón de la biblioteca en la casa de Herminia empezaron a hacer una lista de posibles eventos tratando de establecer fechas para acomodarlos. Se compilaron un poco más de veinte eventos posibles que podrían tener lugar uno por trimestre durante el curso del año. Se decidió entonces gastar tres meses organizando y detallando los eventos con el objetivo de ver cuáles eran en realidad posibles y qué demandas involucraban. Se pensó en eventos con la poesía de Neruda, Borges, Huidobro, Eluard, Rimbaud, Whitman y otros, con su complemento apto de música y comida. De manera concurrente se afirmó la noción de pavimentar la plaza con baldosas de granito en un diseño ofrecido por el hermano Patricio e inspirado por plazas europeas, como el obispo lo había sugerido unos años antes. Se recolectaron muchas donaciones, se escogieron las baldosas y el alcalde estaba comprometido a buscar las finanzas adicionales si fuesen necesarias. Solo faltaba dar el primer paso. Una plaza bien pavimentada y diseñada ofrecería mejores oportunidades tanto para el mercado como para eventos que afirmarían la identidad de San Mateo.

Angélica hizo algunas preguntas entre los varios departamentos de la administración municipal para descubrir que el departamento nacional de carreteras estaba listo a incorporar el trabajo en la plaza a un plan de mejoras para la carretera de penetración abierta diez años antes y que pasaba por el frente de la catedral al borde de la plaza. De esta manera, las obras se incrementaron para incluir una cuadra a cada lado de las calles que entraban a la plaza y así crear unos pasajes o espuelas que aumentaban el impacto del área central. Las calles agregadas representaban el corazón comercial de San Mateo y de esta manera se elevaban en prominencia y atractivo. Lo que una vez fue un pequeño germen de aldea con una iglesita y una casona a lados opuestos de un baldío común se convirtió en un centro de actividades cívicas y comerciales que proclamaba un cierto nivel de madurez. El abuelo hubiese estado satisfecho. La iglesita de madera y adobe era ahora una catedral de ladrillo y mármol con palacio episcopal y caballeriza a su lado. La casona del abuelo se transformó en el palacio municipal franqueado por la oficina de correos y la sede de la cámara de comercio. Autoridad civil y autoridad eclesiástica se unían a través de la plaza para promover residencia, industria y comunidad. Sin importar el nombre, había existido una base fuerte de identidad. Un pueblo una vez sin nombre alcanzaba algo parecido a una mayoría de edad con nombre propio. Se sabía bien quién fue el padre.

Los jardines botánicos que recibieron el libro con los cortes enviaron notas congratulatorias y expresaron el deseo de entablar relaciones de intercambio y visita. Esto le dio ímpetu a Sigifredo para producir una carta trimestral detallando actividades en el Jardín de Emilia, con un buen complemento de ilustraciones por el hermano Patricio y reseñas de cultivos, tratamientos y énfasis de investigación. Trabajar con el Dr. Tanaka abrió nuevos horizontes para todos y especialmente para Emilia, cuya energía afectiva alimentaba la intelectual y social. Parecía que San Mateo llegaba a un punto de efervescencia como aldea y comunidad proyectándose más allá de ese mercado semanal y tal vez seminal.

El arroyuelo que salía de la alberca en la alcoba del Negro Manuel descendía por la loma rebotando entre piedras, helechos y raíces de bambú para llegar a una fuente en el jardín del patio trasero de la casa municipal donde una columna soportaba la estatua del abuelo observando ese valle por encima de los tejados y la fronda de los robles barbados de musgo. Era una vista que cambiaba poco en la imaginación del anciano visionario pero había cambiado a gente y comarca más allá de lo soñado. El riachuelo continuaba fluyendo de la fuente por la aldea en una zanja por dos kilómetros hasta llegar al borde del lago. Formaba lo que se llama un parque lineal que conectaba a San Mateo con su entorno y terminaba en un *belvedere*, o muelle, que servía para contemplar el horizonte y soñar con esa unión de cielo y agua que cerraba la copula de la tierra. Tanto el pueblo como el valle representaban un sueño que se forjaba al despertar con la intensidad de hacer algo. Todos tenían su oficio consecuente con habilidades y ambiciones. De pie sobre su columna, el abuelo lo sabía y sonreía en mármol con palomas sobre sus hombros.

43

La boda de Emilia María Rodriguez Tellez y Yoshiro Tanaka se celebró en la catedral mientras la plaza estaba siendo reconstruida. Fue un poco más sobria que la de Herminia y Sigifredo, con una recepción en el patio de entrada a las casas y el gran círculo herbal en el Jardín de Emilia. Ese círculo embaldosinado de treinta metros de diámetro con un aro o halo de hierbas propiamente identificadas se había convertido en el punto de referencia para el jardín y la labor de Emilia y su equipo. Era allí donde se dictaban las conferencias y clases en fitoterapia. Varias materas gigantes con cipreses de tres metros de alto guardaban la circunferencia para dar un sentido de espacio y demostrar las cualidades de varios tipos de cipreses del Nuevo Mundo que apasionaban a Emilia por su verticalidad, perfume y tonos de verdor. Eran tal vez las columnas vegetales de un templo herbal con ella como la diosa. Tal vez un Partenón vegetal vigilando el valle, dando testimonio de iniciativa, labor y abnegación.

El Negro Manuel y la Negra María se encarga-
ron del asado de carnero rociado con salsa *teriyaki* servido en una cama de arroz de la variedad *nishiki* que se
acababa de cosechar como parte de un experimento del
Dr. Tanaka para producir un arroz japonés que pudiera
servir para hacer *sushi* y destilar una versión aceptable
de ese vino de arroz o *sake* que interesaba tanto al Negro Manuel. El agua clara y la tierra fértil del valle parecían tener las cualidades esenciales para ese cultivo y
destilación, de acuerdo con los resultados de los perfiles. Herminia y Sigifredo se ocuparon de otros platos y
Jiao Ling siguió las instrucciones de Juan Antonio para
la preparación de refrescos y distribución de licores.
Una neblina leve descendió de la montaña y se instala-
ron antorchas alrededor del patio y el jardín, dándole al
ambiente un aire celestial para unos y fantasmagórico
para otros. El obispo atendió la recepción animado por
hablar a largo con Yoshiro, que resultaba ser descen-
diente de conversos cristianos del siglo XVI bautizados
por misioneros jesuitas, y quien cada semana visitaba
en Tokio la Iglesia de Roppongi, en donde se encuen-
tran el centro y capilla franciscanas y la Iglesia Kuji-
machi que era dedicada a San Ignacio de Loyola (herencia jesuita), y en las cuales tenía amplio contacto
con feligreses de todo el mundo. No se puede olvidar
que fueron los jesuitas, encabezados por Francisco Xa-
vier, quienes llegaron primero al Japón alrededor de
1550 estableciendo un grupo de mil conversos. Desde
este punto el drama por el conflicto entre jesuitas y
franciscanos en un Japón que atravesaba por su más intenso período feudal representaba un relato épico me-

recedor de estudio y conversación. Al obispo le encantaba muy particularmente discutir el relato de sobrevivencia de la iglesia en el Japón a través de tantos períodos históricos y movimientos políticos por más de cuatrocientos años. Por asunto de cultura y sobriedad personal, Yoshiro no discutía fe o asuntos religiosos, pero por deferencia a Emilia y su relación con el obispo no tenía problemas entablando la conversación. Para el obispo, la presencia de Yoshiro en San Mateo no era por pura casualidad. Tenía muy posiblemente un aspecto supernatural.

A insistencia de Yoshiro, Emilia compiló un volumen sobre sus investigaciones de las drogas herbales sedativas con énfasis en las mezclas anestésicas como el mafeisan (*mafutu-san*) que la había atraído en un principio a estudiar la medicina china y así explorar y expandir el valor de su trabajo con mezclas herbales sedativas. Trabajando con Yoshiro, ella pudo escribir un volumen muy extenso y bien anotado que fue recibido con beneplácito tanto por los fitoterapistas como por grupos de anestesiólogos que veían en estas investigaciones unas pautas factibles para mayor investigación y aplicación. Por esta razón fue invitada con todos los gastos pagos a un congreso médico en Ámsterdam para presentar sus conclusiones. Sorprendida por ser tratada con tanta deferencia y al darse cuenta de la importancia de su trabajo, Emilia aceptó la invitación y viajó a Ámsterdam con Yoshiro para asistir al congreso y visitar varios jardines botánicos que habían apoyado sus labores desde el momento de recibir unos años antes su estudio sobre el Valle de Don Simón.

Así, visitó por unos días el Jardín Botánico de Ámsterdam (Hortus Botanicus Amsterdam, establecido en 1638) donde pudo examinar la extensa colección de libros botánicos de los siglos XVI, XVII, y XVIII, además de la colección especial de la Universidad de Ámsterdam que fueron obtenidos en su mayoría con el patrocinio de las compañías holandesas para comercio e intercambio en las Indias Orientales y Occidentales durante el gran auge del reino holandés. Su búsqueda continuó en el Jardín Botánico de Leiden, el cual fue establecido en 1590, casi cuarenta años antes que el de Ámsterdam, y había contado con la colaboración de botanistas famosos como Carolo Clusius, Felipe von Siebold y Carlos Linneo, quienes contribuyeron enormes colecciones y ejemplares de sus actividades científicas. En particular, von Siebold había pasado varios años en el Japón ejecutando estudios sobre la fauna y flora junto con la medicina herbal que llamaban la atención de Emilia. Ambos jardines estaban asociados a una universidad con grupos muy organizados de pesquisa que se interesaron mucho por el trabajo de Emilia y Yoshiro y les ofrecieron oportunidades para intercambio y colaboración. Una oportunidad muy grata como resultado de las presentaciones ante el congreso fue la invitación para visitar el Jardín de Plantas en París, con su colección de plantas medicinales iniciadas en el siglo XV por el médico del rey Luis XIII (Guy de La Brosse).

Para Yoshiro, el viaje a París representaba la culminación de un sueño. El romance de la Ciudad Luz permeaba hasta el Japón y ahora estaba la oportunidad de visitarla con credenciales científicas además de un aspecto romántico como una luna de miel que no se había podido llevar a cabo y buen provecho por el afán de trabajar a toda hora que poseía a ambos. París era un remanso atractivo que podría ofrecer una medida de jolgorio amoroso lejos de San Mateo.

Zambullidos en el espíritu de París, Emilia y Yoshiro expandieron su estadía de una a tres semanas, paseándose por parques, avenidas y jardines desde el de Luxemburgo hasta el de Versalles. Eran los primeros días de verano guardando un rastro de la primavera que se había detenido por un momento a contemplar a esta pareja tan singular. Fueron veintiún días de ardor y placer que Emilia guardaba en cuerpo y alma como ese aroma de tilos que cundía por los parques y avenidas. Para Yoshiro era suficiente el aroma y contenido de las panaderías que parecían satisfacer una gula infantil desencadenada por el entorno, los *croissants*, las tortas y los panes. No era la hora de contemplar todo como un asunto científico. Era el momento de entregarse totalmente a labores de emoción y cariño. Envolver cuerpos y corazones en la experiencia elevada de afecto desembozado olvidando el cerebro por un rato. Noches y días entregados totalmente el uno al otro afianzando los lazos de unión sobre una relación más intensa. Era todo como una paráfrasis del verso de Eluard: *"El centro del mundo está por todas partes y dentro de nosotros"*. Nada podía ser más verdadero y consumativo.

Recorriendo los estantes de *bouquinistes* a lo largo del río Sena, Yoshiro encontró una colección de folios con imágenes botánicas de las expediciones de Humboldt y Mutis casi dos siglos antes. Se prendó de su buena condición gráfica y los compró como un regalo de bodas para Emilia. Una ofrenda floral y herbal con mucho sentido de tradición, historia y artesanía. Emilia lo aceptó con mucho placer y emoción, como si fuesen flores frescas afirmando su afecto por Yoshiro. Cada folio evocaba memorias de la tierra y su flora tan amadas por Emilia, quien ahora se sentía igualmente tan amada por su esposo.

Una vez de regreso a San Mateo, Emilia enmarcó los folios para adornar las paredes de su laboratorio y recordar esa jornada parisina tan feliz. Junto con Herminia y Sigifredo más Jiao Ling y Juan Antonio se dedicaron a elevar al laboratorio y el Jardín de Emilia a un lugar de prominencia entre los jardines botánicos del mundo que, junto con los esfuerzos de la Negra María, el Negro Manuel y Angélica por construir un salón de conciertos, resultaron en una nueva era de prominencia para San Mateo y el Valle de Don Simón. El nombre Jardín de Emilia había empezado como un título familiar a un local cerca de la casa y se convirtió muy pronto en un nominativo sujeto para toda la actividad desarrollada alrededor. Era así que la memoria e intenciones del abuelo perduraban y crecían dando buenas cosechas en este pueblo y esta comarca que hasta unos pocos años antes no tenía nombre.

44

Emilia y Yoshiro regresaron a San Mateo descansados y consagrados a una labor científica conjunta igualmente ocupada de una relación matrimonial extensa e intensa. Todo era normal no solo entre Emilia y Yoshiro pero también entre todos los demás. Había un gran sentido de logro y muchas razones para ufanarse sin pecar por orgullo o jactancia.

Al cabo de unos meses el Negro Manuel se podía ufanar de dos cosas. La primera era su dominio de los ciento ocho movimientos del tai-chi debidamente afirmado por el Dr. Tanaka. La segunda era su matrimonio con la Negra María celebrado en la recientemente construida plaza hecha en conjunto con la boda de Juan Antonio y Jiao Ling. Para sorpresa del obispo, esta doble boda motivó a muchas parejas a normalizar sus relaciones con celebraciones matrimoniales que colmaron tiempo y espacio en la catedral y la plaza. Tal vez la plaza renovada con un marco de farolas y una textura elegante invitaba esos usos especiales por encima del mercado semanal. Ciertamente había tiempo y capacidad para renovación personal ahora que el centro estrenaba una cubierta vibrante.

De pie, sobre su pedestal, el abuelo sonreía detrás de sus ojos de mármol y el valle entero danzaba alrededor del lago con un ritmo apasionado. La visión estaba completa de cima a cima y de horizonte a horizonte mientras en la fuente al pie de la columna los nenúfares explotaban en flores buscando a Monet para capturarlos y los peces koi se tragaban sus colas en una danza centrífuga. Cada cual nadaba en su agua y florecía en su tiempo. La bruma de la cordillera arropaba los brezos deslizándose por las faldas de las lomas sobre los bosques y los jardines hasta el lago en una caricia lenta y amorosa que despertaba la mañana. Se podía decir que había prosperidad y cariño por todas partes. Las palomas de Herminia poco a poco se tomaron toda la torre en San Mateo precipitando su presencia en varios asados y sopas. Las barbas musgosas del gran bosque crecían espesas mientras el grito solitario de un mapache penetraba el plenilunio. Todo lo que debía hacerse estaba hecho. Era el final de muchas jornadas y estaciones. Todo estaba en calma.

"Por el camino de la izquierda huyó el otoño
Los pichones descuelgan al silencio
en pequeños trozos
¿Por qué hace tanto ruido en tu corazón?
Es la hora en que los peces atentos
como frutos de paciencia
Escuchan descender el tiempo al fondo del agua".
—Vicente Huidobro. *Poema Treinta y Dos. Tout à Coup (De Golpe).* 1922.